Ana María Matute

CUENTOS

AUSTRALCUENTOS

Ana María Matute

CUENTOS

DESTINO

PEFC Certificado

Este libro procede de
bosques gestionados
de forma sostenible

PEFC/14-38-00305   www.pefc.es

eBook
DISPONIBLE

La lectura abre horizontes, iguala oportunidades y construye una sociedad mejor. La propiedad intelectual es clave en la creación de contenidos culturales porque sostiene el ecosistema de quienes escriben y de nuestras librerías.
Al comprar este libro estarás contribuyendo a mantener dicho ecosistema vivo y en crecimiento.
En **Grupo Planeta** agradecemos que nos ayudes a apoyar así la autonomía creativa de autoras y autores para que puedan seguir desempeñando su labor.
Dirígete a CEDRO (Centro Español de Derechos Reprográficos) si necesitas fotocopiar, escanear, distribuir o poner a disposición algún fragmento de esta obra (www.cedro.org; 91 702 19 70 / 93 272 04 45).
Queda expresamente prohibida la utilización o reproducción de este libro o de cualquiera de sus partes con el propósito de entrenar o alimentar sistemas o tecnologías de inteligencia artificial.

Índice

El árbol

Todos los días, cuando volvía del colegio, el niño que soñaba miraba aquella gran ventana del palacio. Dentro de la ventana había un árbol. El niño no lo podía comprender, y ni siquiera en sueños podía explicárselo. Alguna vez le decía a su madre: «En ese palacio, dentro de la habitación, al otro lado del cristal de la ventana, tienen un árbol». La madre le miraba con ojos serios y fijos. De pronto, parecía que tenía miedo, y le ponía la mano en la cabeza: «No importa, niño», le decía. Pero el recuerdo del árbol perseguía al niño fuera de sus sueños. «Vi el árbol ayer por la mañana y ayer por la tarde, dentro de la habitación. Los de ese palacio tienen un árbol en el centro de la sala. Yo lo he visto. Es el árbol gemelo del que vive en la acera, dentro de su cuadrito de tierra, entre el cemento. Sí, madre, es el árbol gemelo, los vi ayer hacerse muecas con las ramas.» Como no podía ya pensar en otra cosa, hasta sus sueños le abandonaron. Cuando llegaron los días sin mañana, sin tarde, ni noche, cuando la mano de la madre se quedaba mucho rato en su frente para frenar su pensamiento, el niño buscaba afanosamente en el suelo de su cuartito y debajo de la cama: «Tal vez el árbol me vaya buscando por debajo de la tierra, y vaya empujando la tierra, y me encuentre». El miedo de la madre le llegaba al niño a la garganta y sus dientes castañeteaban. «No importa, niño.»

Por fin, un día, vino la noche. Entró en el cuarto y se lo llevó todo. «Madre, qué árbol tan grande», dijo el niño, perdido entre sus ramas. Pero ni siquiera oía ya la voz que repetía: «No importa, niño, no importa».

El corderito pascual

Al hijo del ropavejero le regalaron un corderito pascual para jugar con él. El hijo del ropavejero era un niño muy gordo, que no tenía amigos. Los niños del albañil, los del contable, los del zapatero, se reían de su barriga, de sus mofletes, de su repapada; y le llamaban gorrino, barril de cerveza, puerco de San Martín. El cordero pascual, en cambio, era blanco y dulce, y le pusieron un lazo verde al cuello. El hijo gordo del usurero, ropavejero, compraventa, salía a pasear junto a la tapia soleada, en busca de las hierbecillas del solar, llevando tras sí a su amigo corderillo, que tenía una mirada como no vio nunca a nadie el hijo del ropavejero. Llegaron los días de las golondrinas, de los nidos en el tejado, de la hierbecilla tierna, de los niños que venían a dejarse el abrigo a la tienda del ropavejero. De niños que, al quitarse el abrigo, se quedaban muy estrechos, muy delgados, en sus chalecos de punto, con las mangas cortas, con las muñecas desnudas. De niños que se iban luego a la plaza, junto al capazo de la madre, con los dos duros de la compra, llorando un poco porque no había llegado el sol del todo. Llegaron los días con niños de la mano, medio a rastras, con niños despojados, de ojos redondos, con niños de dos duros, de siete pesetas, de «esto no vale nada». Los abriguitos y los pantalones de lana se amontonaban en las estanterías, junto a la naftalina, junto a las palabras de «esto no vale nada», «esto tiene una mancha», «esto está roto». El niño gordo del ropavejero besaba las orejillas del cordero pascual, del amigo que no le llamaba cerdo, cebón, barril de cerveza. Y el día de Pascua, cuando el niño del ropavejero se sentó a la mesa llena de cuchillos y de sol sobre el mantel, vio de pronto los dientes de papá, los grandes y blancos dientes de papá-ropavejero, papá-compra-venta-no-vale-nada-prestamista-siete-pesetas-está-roto. Y el niño gordo saltó de la silla, corrió a la cocina con el corazón en la boca y vio, sobre una mesa, despellejada, la cabeza de su amigo. Mirándole, por última vez, con aquella mirada que no vio nunca en nadie.

El niño al que se le murió el amigo

Una mañana se levantó y fue a buscar al amigo, al otro lado de la valla. Pero el amigo no estaba, y, cuando volvió, le dijo la madre: «El amigo se murió. Niño, no pienses más en él y busca otros para jugar». El niño se sentó en el quicio de la puerta, con la cara entre las manos y los codos en las rodillas. «Él volverá», pensó. Porque no podía ser que allí estuviesen las canicas, el camión y la pistola de hojalata, y el reloj aquel que ya no andaba, y el amigo no viniese a buscarlos. Vino la noche, con una estrella muy grande, y el niño no quería entrar a cenar. «Entra, niño, que llega el frío», dijo la madre. Pero, en lugar de entrar, el niño se levantó del quicio y se fue en busca del amigo, con las canicas, el camión, la pistola de hojalata y el reloj que no andaba. Al llegar a la cerca, la voz del amigo no le llamó, ni le oyó en el árbol, ni en el pozo. Pasó buscándole toda la noche. Y fue una larga noche casi blanca, que le llenó de polvo el traje y los zapatos. Cuando llegó el sol, el niño, que tenía sueño y sed, estiró los brazos, y pensó: «Qué tontos y pequeños son esos juguetes. Y ese reloj que no anda, no sirve para nada». Lo tiró todo al pozo y volvió a la casa, con mucha hambre. La madre le abrió la puerta, y dijo: «Cuánto ha crecido este niño, Dios mío, cuánto ha crecido». Y le compró un traje de hombre, porque el que llevaba le venía muy corto.

Fausto

La niña tenía nueve años y coleccionaba pedacitos de espejo roto. Iba buscando siempre entre los desperdicios y las hierbas de los solares, y en cuanto algo brillaba lo cogía y lo guardaba en aquel bolsillo con visera y botón que llevaba a un lado del vestido. Alguna vez se cortaba los dedos, pero no lloraba nunca, y volvía a su tarea.

Estaba siempre muy ocupada buscando estrellas caídas: cascotes verdes de botella, pedacitos de hojalata, alfileres. El hombre sin piernas que vendía piedras para mechero y cigarrillos sueltos lo sabía, y por eso a veces le guardaba el papel de plata que forraba el interior de las cajetillas. Luego, la niña pegaba todo aquello en la pared de su barraca, al lado de la ventana. Así, al llegar la noche, cuando encendían luz en la taberna de enfrente, toda su colección se ponía a chispear con tantas

13

tonalidades que la niña creyó conocer más colores que nadie.

La niña tenía el cuerpo flaco, con las piernas y los brazos llenos de arañazos. Iba despeinada, pero con una cinta roja alrededor de la cabeza. Tenía un solo par de zapatos, demasiado grandes, y, a veces, al correr, perdía uno. Vivía con el abuelo, en una sola habitación con un hornillo, la ventana y los jergones para dormir.

El abuelo, amarillo y rugoso como un limón exprimido, siempre estaba protestando por aquellos cascotes brillantes que ella traía a casa, y decía que iba a tirarlos de nuevo al solar. Pero, alguna vez, cuando era ya oscuro y les llegaba el resplandor de la taberna encendida, se quedaba mirándolos. Seguramente pensaba que eran preciosos.

Ahora, hacía muchos días que el viejo estaba enfermo, con un catarro muy fuerte, sin poder salir a la calle. No podían ir con el organillo, y se pasaban las horas lamentándose de su mala suerte.

Todos los de la calle tenían lástima de ellos. Pero cada uno tenía sus preocupaciones, y hasta sus enfermos. Aun así, algunos días, una mujer que vivía allí al lado entraba y les barría el suelo o les encendía el hornillo. Era buena, aunque gritara demasiado y dijera que no comprendía aquella colección de vidrios y papeles pegada a la pared. «¡Cuánta basura!», decía.

Una vez llegaron tres señoras de parte de san Antonio, y les dieron cincuenta pesetas y un frasco de jarabe para la tos. Una de ellas se fijó en los tesoros de la niña y creyó que eran para adornar las paredes, tan desnudas. Al día siguiente les enviaron un crucifijo para que presidiera su jergón. Allí se quedó la cruz, en la pared, frente a todos los chispazos de espejo roto. A la niña le inquietaba mucho, sobre todo cuando se bebía a escondidas el jarabe del abuelo, que sabía a menta y era dulcecito. También alguna mosca trepaba pared arriba, medio atontada de frío, porque estaban en el mes de enero.

Una mañana en que la niña iba buscando estrellas, como siempre, vio dos cachitos que relumbraban junto a la tapia del solar. Eran los ojos de un gato, como espejos partidos. Se trataba de un gato muy feo y muy flaco, que se puso a mayar como un recién nacido. La niña se agachó y vio que estaba herido en una pata. Seguramente era una pedrada, y se había quedado cojo. Tenía la piel rojiza y apolillada, y temblaba mucho. La niña lo cogió y se lo llevó debajo del brazo.

El abuelo, al verlo, se enfadó mucho.

—¡Fuera con eso! —dijo, como siempre que ella traía algo nuevo.

La niña buscó una maderita y entablilló cuidadosamente la pata del gato. Le puso vinagre en la herida y le hizo cosquillas en el cogote. Luego pensó ponerle un nombre.

Recordó que a veces pasaba frente a una casa muy grande que había tres manzanas más arriba. Ella solía acercarse despacio a los barrotes de la verja. Saltaba al jardín y trepaba a una de las ventanas bajas para poder mirar el interior de las habitaciones. Eso la llenaba de admiración, como cuando llegaba la luz de la taberna hasta sus estrellas falsas.

Pero no podía lograr nunca su propósito con tranquilidad, porque había un perro enorme, llamado Fausto, que venía corriendo y ladrando de tal modo que ella debía salir huyendo si no quería ver sangrar sus tobillos. Acordándose de aquel enemigo, se le ocurrió bautizar al gato con el mismo nombre.

—Te llamarás Fausto, gatito —le dijo. Y sin saber por qué, se sentía confusamente vengada de tanto ladrido y persecución. ¡Si ella solo quería mirar, si solo quería que le llegaran los resplandores ajenos hasta sus trocitos de vidrio roto! Nadie lo comprendería nunca, como nadie comprendía su cariño hacia Fausto, tan feo y tan poca cosa.

Desde aquel día el gato no se separó de la niña. Ella lo llevaba siempre, enfermizo y tristón, bajo su brazo. Lo cuidaba mucho, y además le buscaba de comer. El gato solía temblar. A veces, parecía que tosía.

Con el invierno, los días se hacían más duros. El viejo empezó a odiar a Fausto y a decir que en cuanto pudiera levantarse lo mataría. Los maullidos de Fausto le traían loco.

—¡Es que hay que fastidiarse! —decía el buen hombre, con voz afónica—. Otros animales andan de allá para acá buscándose su comida, y uno puede tenerlos. ¡Pero *eso*! ¡*Eso* es lo más inútil y zángano que he visto! No se atreve a nada, y, como tú lo tienes tan mal acostumbrado que le traes los bocados a la boca y lo llevas siempre en brazos, está hecho un enteco.

Apretándolo bajo su brazo, la niña lo miraba compasivamente. No era un animal vulgar, no era como los otros. Siempre tenía frío y había sido arrojado a un mundo más fuerte que él. ¿Qué culpa tenía de haber nacido demasiado débil? ¿Qué culpa de haber nacido?

—La verdad es que es asqueroso —dijo aquella buena mujer vecina, cuando entró a ayudarles—. Tiene el pellejo hecho una criba y se le cuentan las costillas. Yo creo que está tísico.

—¡Anda, tísico! —dijo la niña—. ¡Como si fuera un hombre!

Una mañana, al fin, el abuelo se levantó carraspeando y salieron otra vez a alquilar el organillo.

Echaron a andar por aquellas calles estrechas y un poco azules, donde el aire estaba lleno de humo de fritos. El abuelo iba renegando por el gato.

—¡Échalo, échalo! —iba diciendo—. No has de volver a casa con él, así que tú verás...

—Pues no —murmuraba la niña entre dientes, con dolor—. Es tan bueno como tú o como yo.

Iban muy despacio. El abuelo se había quedado muy débil y empujaba el organillo con dificultad. Eso era malo. «El negocio está en ir muy rápido», decía el viejo. A ese paso, ni siquiera amortizarían el alquiler del organillo. Se paraban en una esquina y el viejo, con la colilla del cigarrillo en la boca, empezaba a dar vueltas a la manivela. La gente pasaba con prisa, indiferente. Un sol pálido empezaba a calarlos.

—Anda y suelta a ese bicho —advirtió el viejo, amenazador.

La niña comprendió, al fin, que Fausto había perdido la partida. Lo acarició con melancolía y lo dejó en el suelo. Luego, corrió a la otra acera, pasando su platillo de aluminio con una súplica aprendida, sin mirar atrás.

Ahora, tocaban una musiquilla que todo el mundo sabía y a casi nadie gustaba. La niña tenía ganas de llorar y también de llenarse la boca de azúcar. Iba pensando: «Llenarme la boca de cuadraditos de azúcar blanco y duro, muchos cuadraditos de azúcar blanco. Y mascar, mascar. Que haga por dentro ruido, así: cru, cru, cru. Y hasta parecer que se llenan de azúcar las orejas». Un suspiro hondo le llenó el pecho. Alguien le dio unos céntimos, y empezó a hacer ruido con ellos.

Después, se alejaron de allí. Empujaba el abuelo el organillo hacia otra calle, todo lo deprisa que podía. La niña le siguió. Ya no hubiera habido en el mundo azúcar suficiente para ella. No pudo remediarlo: miró hacia atrás.

Allí venía Fausto. La seguía, naturalmente. La niña empezó a hacer más ruido, más fuerte, con el platillo y los céntimos. Los ojos de Fausto eran dos caramelos de menta. «Si no se da cuenta el abuelo, Fausto vendrá, vendrá.» De pronto se acordó de que los gatos no se pierden nunca. Tuvo unas ganas grandes de reírse y de saltar, pero no lo hizo. La niña sabía que no es bueno hacer grandes demostraciones, excepto durante el trabajo.

Ahora se habían parado otra vez. Las orejas del abuelo, grandes y transparentes, aparecían por encima de la bufanda. Las notas que agujereaban el espacio eran estridentes, feas. Sin querer, le suspendían a uno la respiración. La niña se mordió los dedos. Acababa de sentir en sus piernas el roce suave de Fausto. Miró tímidamente al suelo: Fausto, temblando, mayaba débilmente. Lo apartó con el pie, pero el gato no se alejaba. Entonces, con sigilo, ella sacó el pie del zapato. Fausto empezó a juguetear con los cordones. La niña se apartó de él.

El abuelo ya enfilaba hacia otra calle. El sol doraba ahora el borde de la acera. Entraron en una calle estrecha. El viejo sopló en sus nudillos y empezó a tocar.

No se había dado cuenta de que allí había un hombre con un acordeón. Era un cojo, joven, con las cejas juntas. Le gritó que se callara, que estaba él primero allí. El viejo, que se había quedado algo sordo con el último catarro, no le oía o no le quería oír. Entonces, el del acordeón se acercó, jurando. Era alto y robusto. La niña se quedó quieta, mirándole.

El viejo y el del acordeón se pelearon.

—La calle es de todos —defendía el viejo. Los pies le dolían, y aún tenía las piernas débiles y temblorosas. Quizá aún tenía fiebre, no se sentía fuerte, y encima venían a echarle de allí, como a un perro.

Pero lo cierto es que el del acordeón había llegado primero. Estaba ya allí cuando el abuelo entró en la calle con su organillo destemplado y chillón. Tenía razón el cojo.

El abuelo no tuvo más remedio que empujar el organillo hacia otro lugar. De pronto empezaron a caerle lágrimas por la nariz. Era ya muy viejo, muchísimo, pensó la niña. La calle no era de todos, la calle no era de nadie, se dijo. Sintió de nuevo grandes deseos de comer azúcar, tanto azúcar que no pudiera respirar.

De pronto el abuelo se sonó con fuerza y se volvió hacia ella:

—¿Por qué andas coja?

La niña se miró los pies. Solo tenía un zapato.

—¿Dónde está el otro?

Ella se encogió de hombros. Pero al abuelo le parecía muy importante encontrarlo. A veces se ponía tozudo como un borracho o un niño pequeño. Volvieron atrás, buscándolo.

En la esquina aún estaba Fausto, frotándose contra el zapato y mayando suavemente.

Entonces el viejo tuvo un arranque de rabia. Se acercó al gato y le dio una soberbia patada. La niña se tapó los oídos, pero los ojos no los pudo cerrar aunque quisiera, y vio cómo Fausto iba a parar muy lejos.

«Lo ha matado», pensó la niña. Se alejaron deprisa.

La niña le ayudaba ahora a empujar el organillo, con todas sus fuerzas. Ni siquiera lloraba.

Pero el viejo estaba nervioso, destrozado. De repente se paró, y empezó a gritar diciendo que ya era muy viejo, que ya no podía más. «¡No puedo con esa música, no puedo con ella!», decía. Y se tapaba las orejas con las manos.

Luego se calmó. Se quedó quieto, respirando suave. Miró a la niña y dijo:

—Anda, vamos a entrar aquí.

Era una taberna muy pequeña, con los cristales empañados y llenos de letras rojas y blancas. En el mostrador había bocadillos resecos y el grifo de la pila goteaba: tic, tic, tic.

La luz, muy amarilla, estaba ya encendida, porque el sol iba escondiéndose detrás de las nubes y la calle se quedaba a oscuras.

Se sentaron a una mesa. El abuelo pidió un porrón de vino. Todos en la taberna hablaban a un tiempo. El viejo compró pan y queso, y la niña lo comió deprisa, hasta que sus mejillas ardieron. Luego, la niña apoyó la cara en la mesa. Era un velador de mármol agrietado, y le helaba la piel. ¡Qué pena tenía por Fausto! Pero, ya, aquella pena se estaba confundiendo con una rabia cosquilleante. En aquel momento la puerta chirrió, y entró el cojo del acordeón. Allí parecían conocerle todos. Él los vio y se acercó a su mesa.

—Hola, abuelo —dijo. Tenía la voz más amable. El viejo no le respondió y echó un buen trago.

El hombre cojo acercó una silla y se sentó a su lado. Sacó tabaco y le ofreció. Entonces el abuelo se frotó la nuca, aceptó y se pusieron a liar sus pitillos en silencio. El cojo arrancó a hablar, en un tono casi bajo, deferente. La niña levantó la cabeza y escuchó:

—Yo no tengo nada contra usted, abuelo —decía el del acordeón—. Pero a cada uno lo que es de uno. Yo estaba allí primero. Donde esté yo, no puede haber otro al mismo tiempo, ¿no?, ¿no es cierto? Ahora, fuera de allí, pues tan amigos, ¿estamos?

El viejo asintió con la cabeza. Luego balbuceó:

—Es que soy algo duro de oído y no hace mucho que voy con el organillo. Porque es que, ¿sabe usted?, antes, cuando vivía mi hija, la madre de esta pequeña...

El del acordeón le atajó, sacudiendo las manos en el aire, como si dijera: «No sigas, no sigas: conozco la historia». Y empezó a dar consejos: iban demasiado lentos. Si pudieran correr un poco más, y abarcar más recorridos... Incluso sacó un trocito de lápiz y, en el mismo mármol, empezó a dibujar un plano de calles con el itinerario que debía seguir.

Alguien empujó un vaso, que se hizo añicos contra el suelo. La niña saltó de la silla y se puso a recoger los vidrios rotos. «¡Chiquita, que te vas a cortar!», le dijeron. Pero ella no hizo caso. El abuelo y el hombre del acordeón estaban enfrascados en sus planos y no la miraban. Cuidadosamente, ella colocó los pedazos de vidrio en su bolsillo, mientras el recuerdo de Fausto la calaba tanto, tanto, que un ahogo irremediable le oprimía la garganta. «¿Y si no está muerto? —pensaba—. ¿Y si no está muerto? ¡Pobre Fausto!»

Seguramente no sabría qué hacer, abandonado, solo, sin fuerzas para vivir. Volvió a tener ganas de llorar.

De nuevo, un hombre entró en la taberna, con una bocanada de frío. Sin pensarlo más, la niña se escurrió afuera por la puerta abierta.

Pasó una calle, otra y otra. Allí, en aquella esquina había sido.

Efectivamente: Fausto estaba allí, pegado contra la pared y mirando tristemente. La niña se agachó hacia él, lo cogió en brazos y, juntos, vagaron. Iba ahora dominada por una honda amargura, una precoz amargura que se le endurecía y enconaba en el corazón. Iba andando muy pegada a la pared.

Entonces les llegó a la nariz un aroma caliente, casi palpable. Se acercó despacio. Procedía de unas ventanas bajas, y se asomaron. Eran las grandes cocinas de un colegio. La niña miró a través de los barrotes de las ventanas. Fausto también miraba. Todo parecía como desdibujado en una atmósfera de humo y hervores. ¡Qué grato calorcito había allí dentro! Les llegaba aroma a pan, a otras mil cosas confortablemente cotidianas, pero extraordinarias para ellos dos. El vaho tibio y dorado les hacía cerrar los ojos. El suelo de la cocina parecía un gigantesco tablero de ajedrez. Había grandes cacharros de aluminio, que parecían hervir muy enfadados. Veían los pies de las criadas, sus zapatos negros y el borde de sus amplias faldas azules. La niña acarició el cuello de Fausto distraídamente. En las mesas de mármol había cosas apetitosas para Fausto, y al alcance de Fausto.

De pronto, la niña se agachó al oído de Fausto:

—Anda, hombre —le dijo—. Entra ahí. Yo no puedo ir siempre ayudándote. Tú tienes que aprender a ir solo.

Fausto mayó débilmente, y entonces ella se puso furiosa. Lo dejó bruscamente en el antepecho, pegándole las narices a los barrotes.

—¡Maldito holgazán! —le dijo—. ¡Ya te enseñaré yo! ¿Crees que voy a vivir siempre para ir ayudándote? ¡Pues no, pues no! ¡Entra ahí y búscate comida!

Pero Fausto bostezó largamente, encorvó el lomo y después se golpeó el hocico con la zarpa.

—Mira —dijo la niña—. Mira ese... ¿Por qué no haces como él, como todos?

Dentro de la cocina, debajo de una silla, dormitaba un gato grande y negro, reluciente. Era un gato bien alimentado y, a todas luces, honrado. Ninguna criada lo echaba de la cocina. El gato cumplía su cometido, con seguridad, y por eso se le admitía y toleraba.

La niña empujó a Fausto.

—Entra ahí —le dijo—. Entra y aprende de ese.

Lo empujó de tal modo que al fin Fausto cayó dentro. La niña se tapó los ojos. Luego volvió a mirar, despacito.

Lenta, sigilosamente, Fausto se acercaba a un plato que había en un rincón, con el residuo de la comida del gran gato. El corazón de la niña se puso a golpear de alegría.

De nuevo, todo se derrumbó. El gato grande, despertándose, dio un fuerte bufido y se abalanzó sobre Fausto. ¡Ah, malvado egoísta! En el plato sobraba comida, pero no quería ceder a nadie ni una migaja de lo ganado por él. La niña vio cómo Fausto huía, corriendo desesperadamente en busca de la puerta. Iba lleno de terror. Pero la niña se dio cuenta de que el gato grande no iba a hacerle daño. Solo le echaba a zarpazos y rugidos. Eran como el abuelo y el cojo, poco más o menos.

Aplastándose contra el suelo, Fausto salió al fin por debajo de la puerta. La niña dio la vuelta a la esquina de la casa, buscando aquella salida.

Fausto salió como llorando. Había surgido el sol de tras las nubes y, pálidamente, alumbró su piel, que aparecía apolillada y casi muerta.

Allí había un solar. La niña se sentó junto a la tapia. Empezó a juguetear con la tierra. Tímidamente, Fausto se acercó, como si ya comprendiera que las cosas habían cambiado. No mayaba para que lo cogieran en brazos. Se arrebujó a un lado y sus párpados empezaron a temblar bajo los rayos leves, tibios.

Así estuvieron un rato. Al fin la puerta de la cocina giró lentamente, y el gran gato honrado y trabajador salió también. Iba igualmente a solazarse, aprovechando los raros rayos invernales. Se sentó, un poco apartado, con la cola enroscada en torno, atusando sus bigotes con envidiable negligencia. Todo él parecía despedir un hálito de reconfortante bienestar, de vida asegurada. «Debería fumar un puro, como don Paco», pensó la niña. Todo él recordaba a don Paco, el dueño del almacén, cuando después de comer salía de su casa, colorado y con los ojos chiquitines, a tomar café en el bar de la esquina.

De pronto, el gato grande miró a Fausto. A la niña le pareció descubrir en su mirada la misma expresión que cuando don Paco le regalaba a ella los terrones de azúcar. Largo rato, muy largo rato, el gato negro miró a Fausto. Y de repente la niña recordó la voz del cojo: «Hola, abuelo... Yo no tengo nada contra usted, pero yo estaba allí primero. Donde yo esté, no puede haber otro al mismo tiempo». Era justo. La niña empezó a comprenderlo así. Ahora, casi lloraría de rabia. «¡Claro está! —pensó—. Él caza ratas en la despensa, y a cambio de eso le alimentan y le quieren.»

Sintió entonces que debía dar a Fausto su última oportunidad. Recordó que allí cerca había una vieja capilla. A veces el sacerdote le había dado una estampa: se acordaba. Ella oyó una vez que en la sacristía había muchas ratas. Unas ratas grandes repugnantes que se comían la cera de las velas.

Con gesto rápido volvió a tomar a Fausto en brazos y echó a correr.

Cuando encontró la capilla se dio cuenta de cuánto había corrido. Notaba como si le clavasen alfileres en las piernas, y apenas podía hablar. Dentro, todo estaba oscuro.

De puntillas, fue a la sacristía. El sacerdote estaba allí, de espaldas, buscando algo en el cajón. Se le acercó.

—¿Qué quieres, niña? —le dijo.

Ella entonces se explicó como pudo. Al principio él no la entendía, y creía que iba a venderle a Fausto.

—No, no —le dijo—. Tengo ya dos gatos. Una pareja muy bonita, y mucho mejor que ese tuyo.

—Pero no: si es que yo se lo doy, se lo regalo, para que lo tenga, para que cace ratones y usted, a cambio, le dé de comer.

El cura se quedó pensativo. Luego sonrió débilmente. Era un hombre delgado y pálido, con una mancha como una fresa en la mejilla.

—Bueno —le dijo—, déjalo.

Le dio la mano para que se la besase. La niña dejó a Fausto en el suelo y cerró la puerta deprisa, para que no pudiera seguirla. Volvió a salir y a cruzar la nave, de puntillas. Al llegar a la calle echó a correr como si la persiguiese una jauría.

No quería volver con el abuelo. La regañaría.

Esperaría que se hiciera de noche, para volver a la barraca y acostarse. Estaba muy cansada. Tenía un gran peso en el pecho y un gran vacío en el estómago. Se fue al solar, se tendió junto a la tapia y cerró los ojos, encogiéndose dentro del vestido. Las mangas le venían un poco cortas, y se apretaba las muñecas con los dedos.

Cuando despertó, ya hacía frío y no quedaba ni un pedacito de sol en el suelo. Se frotó los brazos y golpeó con los pies la tierra.

Súbitamente, le hirió el recuerdo de Fausto.

«Ya es como todos, como todos», pensó. Y empezó a vagar despacio, con melancolía.

Sin saber cómo, sin querer, se encontró de nuevo frente a la capilla. Sin pensarlo, entró y buscó al sacerdote.

No estaba. En cambio, en la sacristía, había un hombrecito muy feo, raspando la cera pegada a los candelabros.

—¿Qué quieres? —le dijo.

Ella explicó:

—He traído un gatito rojo para cazar ratas, ¿puedo verlo?

Los dos hablaban en voz muy baja.

—¡Ah, ya! —dijo el hombre—. ¿Conque es tuyo el bicho? ¡Vaya gran cosa! ¿Sabes cómo lo encontré? Jugaba con un ratón. Tenía un ratón subido al lomo y jugaba con él.

Fausto asomó entonces por debajo de una silla su cara triste y resignada. La niña lo miró en silencio, fijamente. El hombre añadió:

—Lo mejor que puedes hacer es ahogarlo. No

sirve para maldita la cosa. Ni siquiera es bonito. Mátalo, y dejará de sufrir, porque está muy enfermo.

—No —empezó a decir ella. Pero luego bajó la cabeza en silencio.

—¿Pues qué quieres? Llévatelo de aquí. Si no, yo lo mataré.

La niña no se movía. Una fina arruga aparecía entre sus cejas, y apretaba los labios. Su boca era una rayita blanca. Miraba a Fausto. Luego dio media vuelta. Fausto la seguía con la cabeza baja.

Cuando cruzaron la nave, alguien entró en la capilla, y una ráfaga de viento se coló por la puerta, haciendo temblar las llamas de las velas.

Afuera, la niña se sentó en el bordillo de la acera. Fausto se echó a sus pies.

La niña se quitó la cinta del pelo y se la puso al gato alrededor del cuello. Se levantó, se apartó un poco y lo miró con ojos críticos:

—No. Ni siquiera eres bonito. Nadie te comprará.

Fausto, de pronto, había dejado de temblar. Sus ojos brillaban, brillaban. Pero ya no parecían estrellas. Ningún cascote de botella parece un lucero. Solo brillaban en el cielo, y muy lejos, demasiado lejos. Y, tal vez —ya estaba ella casi segura de eso—, al mirarlas de cerca, las estrellas también deben de resultar muy diferentes.

La niña cogió a Fausto por las patas de atrás y le golpeó la cabeza contra el bordillo de la acera. Fausto tosió por última vez. Y, esta, sí que parecía un hombre.

Lo dejó cuidadosamente tendido en el charquito

rojo, que, poco a poco, se agrandaba bajo su cabeza rota. Los ojos de Fausto se apagaron.

La niña volvió a la barraca. El abuelo ya había vuelto y estaba contando el dinero. La niña le miró desde la puerta.

—Entra ya, vagabunda —dijo él. Tosía. Volvía a toser.

La niña obedeció, aunque sin dejar de mirarle muy fijo. Al fin le preguntó:

—¿Han salido las cuentas, abuelo?

—No... ¡No y no! Quieres saberlo, ¿verdad? ¡Pues no he sacado ni la mitad del alquiler, conque...!

La niña se quitó el vestido y los zapatos. El pelo, libre ya de la cinta, le caía ahora por la frente y se le metía en los ojos. Se echó en el jergón y se tapó con la manta. La luz de la taberna de enfrente brillaba. Alguien, dentro, estaba cantando, dando voces. En la calle resonaban las pisadas de los que iban y de los que venían. La niña miraba al techo, que estaba oscuro y demasiado cerca. Pensaba que también ellos debían tener una lámpara.

—Abuelo —dijo de pronto—, he matado a Fausto. No servía para nada.

El viejo levantó la cabeza y abrió la boca. Un extraño miedo llegó hasta él. Un miedo como viento, como temblar de cirios, como voces sin eco. Sus huesos se hacían rígidos, inmóviles. Tenía la piel como la de un muerto. La niña prosiguió, con su vocecita clara y fría:

—Abuelo, apuesto algo a que te vas a morir muy pronto...

Bostezaba y daba la vuelta hacia la pared. Casi lo

decía en sueños. Quizá ni siquiera lo había dicho. Uno de los brazos de la niña, flaco y tostado, brillaba suavemente, como los cascotes de la pared.

Bruscamente, el viejo empezó a llorar. En los dos puños apretaba fuertemente toda la calderilla que estaba contando. Buscó con la mirada aquella cruz que estaba quieta, muda en la pared. Y estalló en un hervidero de lamentaciones y de lágrimas por el pobre Fausto.

Pero la niña se dormía ya. La gente de la taberna bebía, voceaba. Muchas pisadas iban y venían por la calle. Y nadie le oía ni le hacía caso.

Vida nueva

—¡Qué asco! —dijo Emiliano Ruiz—. ¡Qué asco! Acabo de pasar por la tienda y está todo abarrotado de gente. Las uvas, más caras que nunca, y todos ahí, aborregados, peleándose por comprarlas. Podridas estaban las que yo vi.

Don Julián le miró vagamente, con sus ojillos lacrimosos.

—No se ponga usted así, don Emiliano —le dijo—. No se ponga usted así.

—El caso es —dijo Emiliano, limpiando con su pañuelo el banco de piedra— que si usted los oye, desprecian todo. Pero luego hacen las mismas tonterías que los antiguos. Yo no sé a qué conducen estas estupideces a fecha fija. Tonterías de fechas fijas. Alegrarse ahí todos, porque sí. Porque sí. No, señor; yo me alegro o me avinagro cuando me da la gana. Como si mañana me da por ponerme un gorro de papel en la cabeza. Porque me dé la gana. Pero así, quieras o no quieras... ¡Bueno, modos de pensar!

Don Julián sacó miguitas y empezó a esparcirlas por el suelo. Una bandada de pájaros grises llegó, aterida.

—Lo que a usted le pasa, y perdone —dijo—, es que está usted más solo que un hongo. Que es usted y ha sido siempre un solterón egoistón y no quiere reconocerlo. Le duele a usted que yo tenga mis hijos y mis nietos. Le duele a usted que yo tenga una familia que me quiere y que me cuida. Y que se celebre en casa de uno (en lo que uno pueda, claro) la fiesta, como es de Dios. Ahí tiene, esta bufanda. Esta bufanda es el regalo de estas fiestas. ¿A que a usted no le ha regalado nadie una bufanda, ni nada?

Emiliano clavó una pálida mirada despectiva en la bufandita de su amigo, el pobre don Julián. A don Julián le llamaban en el barrio «el abuelo». Vivía con su hija, casada, y dos nietecitos. Ambos, don Julián y Emiliano, eran amigos desde hacía años. Todas las tardes se sentaban al sol, en la plazuela de la fuente. Al tibio y pálido sol del invierno, donde los pajarillos buscaban las migas que esparcía don Julián, y escuchaban, entre nubecillas de vapor, las quejas que salían de la boca de Emiliano Ruiz, el viejo profesor jubilado.

Don Emiliano llevaba un trajecillo negro verdoso, cuello duro y pulcro, corbata y puños salientes. Un sombrero de fieltro marrón, cepillado, botines y guantes de lana. Siempre con bastón. Emiliano tenía el rostro pálido y los ojos diminutos y negros. El abuelo iba con un viejo abrigo rozado, una hermosa bufanda y una boina negra. Llevaba los pies bien enfundados en dos pares de calcetines de lana y embutidos en zapatillas a cuadros. Cuando nevaba, no salía, y desde la ventana del piso, sobre la tienda, contemplaba al audaz, al duro, al implacable Emiliano Ruiz, que le miraba despreciativamente y le saludaba de lejos. Emiliano nunca llevaba abrigo. «A esos jóvenes estúpidos quiero yo ver a cuerpo, como yo.» Todo el mundo sabía que la jubilación la llevaba don Emiliano clavada en el alma, y odiaba a los estudiantes. El abuelo, por el contrario, vivía contento, según decía, dejando la tienda en manos de su yerno. «Ahora vivo con mis hijos, satisfecho, disfrutando el ganado descanso a mis muchas fatigas. Eso por haber tenido hijos y nietos, que me cuidan y me quieren. Los que dicen lo contrario, envidia y solo envidia.»

Era el día 31 de diciembre, y en la población todos se preparaban para la entrada del año. Las callecitas de la pequeña ciudad olían a pollo asado y a turrones, y los tenderos salían a las puertas de sus comercios con la cara roja, un buen puro y los ojillos chiquitines y brillantes.

—No me haga reír, don Julián —dijo con ácida sonrisa don Emiliano—. No me haga reír. No es intencionado, pero mis duritos los llevo yo aquí dentro. —Se llevó significativamente la mano al chaleco—. Honestos y míos, solo míos. Yo me administro. No necesito bufanda, claro está, pero si la necesitara me la compraría yo. Yo, ¿entendido?

El abuelo se ruborizó.

—No ofende quien quiere. A mí me compran todo, me quieren todos. Mis nietecillos, mi yerno, mi hija. ¿Para qué quiero yo ahora unos durejos miserables en el chaleco? Demasiados he manejado en mi vida, don Emiliano. Demasiados. El dinero no me conmueve a mí como a otros. Prefiero lo que da a cambio el dinero: lo que tengo. Una familia, un hogar, un calor... Eso. Llegar a casa. «Abuelo, que le cambio las zapatillas.» «Abuelo, siéntese en el sillón.» «Abuelo, tome usted esto y lo otro.»... Eso es. Lo mejor de la vida. No me cambiaba yo ahora por mis veinte años. No, señor. No, señor. Llegó la hora del descanso, de disfrutar de la vida. Eso es.

Don Emiliano hizo un gesto de compasión y palmoteó el hombro de don Julián, que lo sacudió como si le picara una avispa. Sentados uno junto al otro, estiraron sus piernecillas secas al sol, y sus viejas carnes se adormecieron levemente. No cambiaron una sola palabra, apenas. Se sentían uno junto a otro. Las migas se acabaron y los pájaros huyeron.

—Bueno, amigo, ya me voy —dijo el abuelo—; en casa me esperan. Esta noche es una noche hermosa, llena de alegría, y ¡si usted supiera qué hermoso pavo me espera! —Los ojillos de ambos se encendieron levemente de gula—. Eso traen las fiestas en familia: buena cena, alegría, compañía, felicidad. ¿Oye usted? «Felicidad.» Eso se dice, estas fechas. Conque ya sabe: ¡«Felicidad», don Emiliano!

Don Emiliano saludó con la mano, apenas.

—Gracias, la tengo. Soy feliz como quiero. Sin obligaciones molestas. Ceno pavo la noche que quiero durante el año. No tengo que esperar a estas fechas. Ya lo sabe usted. Cuídese, que le he visto palidillo.

El abuelo calló su mal humor, por lo de la salud.

Con paso tardo se dirigió a la casa. Como iba despacio, aunque no estaba lejos, tardaba en llegar. Cuando llegó, la tienda estaba cerrada. Oscurecía ya.

Subió lentamente las escaleras. María, la criada, zafia y mal educada, le vio subir:

—¡Que no me manche la escalera, abuelo!

El abuelo la miró indignado.

—¡Osada!

En el piso reinaba el silencio. Levemente el anciano llamó:

—Luisa..., hija...

María asomó su cabeza desgreñada:

—¡Que va a despertar a los niños!... La señora no está.

—¿Que no está?

—No —escondió una risa—. Esta noche salen. Me han dicho que le deje preparada la cena, abuelo.

—¡Osada! ¡No me llames abuelo!

—¡Usted perdone! Que caliente usted la cena en el gas, que en la alacena hay turrón. Yo salgo también. Así que deje la puerta abierta, por si alguno de los niños llora.

—¿Que se han ido? ¿Adónde?

—¡Anda! ¡Como que me lo van a contar a mí! ¡Pues puede usted figurárselo! Por ahí, como todos... ¡Y que no está todo animado! Cada día se ponen las calles más majas para estas fechas.

El abuelo se quitó despacio la bufanda. La miró, pensativo. La dobló cuidadosamente, como todos los años. Como todos los años, hasta el siguiente. La nueva. Se la compró su vieja, dos años antes de morir. Una lagrimilla fría, casi sin dolor, le subió a los ojos. Lentamente, el abuelo subió hacia la buhardilla, donde tenía la cama de matrimonio, alta y solemne. La gran cama que se negó a vender cuando Luisa y su marido compraron muebles nuevos y «refrescaron» el piso, sobre la tienda. «Pues si usted no quiere, tendrá que irse arriba con sus trastos, porque aquí abajo no hay sitio para eso. A estos viejos no hay quien les meta en la cabeza que los tiempos cambian, que ahora la vivienda es difícil, que hay que aprovechar el piso lo más posible...» El abuelo se fue a la buhardilla con su gran cama, con su arca, y con la mecedora donde un día se quedó muerta la pobre Catalina. A veces el perro subía allí y olfateaba un poco. Luego bajaba, con los niños. «Los niños.» Apenas se los dejaban un momento en la mano. Apenas podía tocarlos. Era viejo y las manos le temblaban. Claro que los niños se ponían a llorar en cuanto él los cogía. Pero ya se hubieran acostumbrado... Dejó la puerta entreabierta. Por la ventanita vio el cielo de la noche, muy azul, con frías y distantes lucecillas. «Año Nuevo», pensó. La noche llegaba lentamente. Encendió el braserillo y se acurrucó en la mecedora. Rato después le despertó el tufillo de la zapatilla quemada. Escuchó. María se había marchado ya. La llamó en voz baja. Sí, se había ido. Sintió frío y hambre. Lentamente, bajó la escalera, procurando que no crujiera, para que los niños no se despertaran. Entró en la cocina y encendió torpemente el gas, y la corona de llamas azules brotó con fuerza y le quemó un dedo. Destapó una cazuela, y vio un guiso frío, que se puso a calentar. Abrió la alacena y vio los turrones. Estaban duros. Tendría que cortarlos. ¡Bah, daba igual! No tomaría. El vapor de la cazuela le avisó. Volcó el contenido en un plato y lo cogió, con sus manos temblorosas. Sacó una cuchara. Lentamente, subió de nuevo a la buhardilla. Pensaba. «Año nuevo, vida nueva», solía decir siempre la vieja, la amada y —¿cuánto tiempo hacía que se fue?— la inolvidable Catalina.

Ya había oscurecido cuando don Emiliano se levantó, aterido, del banquillo. «A ver si ahorrando, ahorrando, puedo comprarme un abrigo el año entrante.» Con sus pasillos nerviosos, prodigiosamente erguido, encaminose a la pensión. El portalillo estaba iluminado, y un tropel de muchachos bajaban la escalera. «Insensatos, dejad pasar.» Se hicieron a un lado. Eran tres estudiantes que vivían en su misma pensión. «Insensatos, locos.» Le recordaban a los de sus clases, en el instituto, y se le encogió el corazón. «¿Qué les enseñarán ahora? A mí me querían, aquellos. Aquellos que no volverán, que no sé adónde han ido, que no sé si han muerto.» Pero sí, estaban muertos. Como todo. Como todos, alrededor de don Emiliano. «Como yo.» La soledad se agazapaba, tímida, como una niña miedosa de ser descubierta. Don Emiliano recogió su llave y se dirigió a la habitación. En cuanto cerró la puerta, sus espaldas se curvaron, y sus ojos se volvieron tristes. Como dos pajarillos de aquellos que mendigaban las migas del abuelo. Don Emiliano se acercó a la ventana, con paso cansado. Miró afuera, y vio el mismo cielo que el abuelo, la misma vida bajo el mismo cielo. Don

Emiliano permaneció un instante quieto. Luego, lentamente, abrió un cajón. Alguien llamó a la puerta. Don Emiliano compuso el gesto, grave:

—¡Pase!

Una criada le miró sonriendo:

—Tenga, don Emiliano, las uvas, de parte de doña Gimena.

Don Emiliano hizo un gesto condescendiente:

—¡Qué bobada, muchacha! Bueno, déjalo ahí.

La criada dejó el plato y salió, riendo. Don Emiliano sacó un sobre y una postal de Año Nuevo. Se caló las gafas y se sentó, pluma en ristre. Con letras algo temblorosas escribió: «No estás solo, querido amigo, aunque todos han muerto. Felicidades». Firmó. La metió dentro del sobre. Volvió a la ventana. Estuvo así, tiempo. No sabía cuánto. De pronto oyó gran algarabía. Ruido de zambombas y risas de borracho, allá abajo. Allá abajo, muy abajo. Los ojillos de don Emiliano, tristes y grises pajarillos, aletearon. Con pasos sigilosos, cogió el sobre y salió al pasillo. Miró, a un lado y otro. No había nadie. Con cuidado, se dirigió al buzoncillo de las cartas. La echó. Subió de nuevo, de puntillas. Entró en la habitación, con una leve sonrisa: «Mañana me la entregarán». Una a una, despacito, sin campanadas, don Emiliano se comió las uvas. Luego se acostó con el nuevo año.

Pecado de omisión

A los trece años se le murió la madre, que era lo último que le quedaba. Al quedar huérfano ya hacía lo menos tres años que no acudía a la escuela, pues tenía que buscarse el jornal de un lado para otro. Su único pariente era un primo de su padre, llamado Emeterio Ruiz Heredia. Emeterio era el alcalde y tenía una casa de dos pisos asomada a la plaza del pueblo, redonda y rojiza bajo el sol de agosto. Emeterio tenía doscientas cabezas de ganado paciendo por las laderas de Sagrado, y una hija moza, bordeando los veinte, morena, robusta, riente y algo necia. Su mujer, flaca y dura como un chopo, no era de buena lengua y sabía mandar. Emeterio Ruiz no se llevaba bien con aquel primo lejano, y a su viuda, por cumplir, la ayudó buscándole jornales extraordinarios. Luego, al chico, aunque lo recogió una vez huérfano, sin herencia ni oficio, no le miró a derechas. Y como él los de su casa.

La primera noche que Lope durmió en casa de

Emeterio, lo hizo debajo del granero. Se le dio cena y un vaso de vino. Al otro día, mientras Emeterio se metía la camisa dentro del pantalón, apenas apuntando el sol en el canto de los gallos, le llamó por el hueco de la escalera, espantando a las gallinas que dormían entre los huecos:

—¡Lope!

Lope bajó descalzo, con los ojos pegados de legañas. Estaba poco crecido para sus trece años y tenía la cabeza grande, rapada.

—Te vas de pastor a Sagrado.

Lope buscó las botas y se las calzó. En la cocina, Francisca, la hija, había calentado patatas con pimentón. Lope las engulló deprisa, con la cuchara de aluminio goteando a cada bocado.

—Tú ya conoces el oficio. Creo que anduviste una primavera por las lomas de Santa Áurea, con las cabras del Aurelio Bernal.

—Sí, señor.

—No irás solo. Por allí anda Roque el Mediano. Iréis juntos.

—Sí, señor.

Francisca le metió una hogaza en el zurrón, un cuartillo de aluminio, sebo de cabra y cecina.

—Andando —dijo Emeterio Ruiz Heredia.

Lope le miró. Lope tenía los ojos negros y redondos, brillantes.

—¿Qué miras? ¡Arreando!

Lope salió, zurrón al hombro. Antes, recogió el cayado, grueso y brillante por el uso, que guardaba, como un perro, apoyado en la pared.

Cuando iba ya trepando por la loma de Sagrado,

lo vio don Lorenzo, el maestro. A la tarde, en la taberna, don Lorenzo lio un cigarrillo junto a Emeterio, que fue a echarse una copa de anís.

—He visto a Lope —dijo—. Subía para Sagrado. Lástima de chico.

—Sí —dijo Emeterio, limpiándose los labios con el dorso de la mano—. Va de pastor. Ya sabe: hay que ganarse el currusco. La vida está mala. El *esgraciao* del Pericote no le dejó ni una tapia en que apoyarse y reventar.

—Lo malo —dijo don Lorenzo, rascándose la oreja con su uña larga y amarillenta— es que el chico vale. Si tuviera medios podría sacarse partido de él. Es listo. Muy listo. En la escuela...

Emeterio le cortó, con la mano frente a los ojos:

—¡Bueno, bueno! Yo no digo que no. Pero hay que ganarse el currusco. La vida está peor cada día que pasa.

Pidió otra de anís. El maestro dijo que sí, con la cabeza.

Lope llegó a Sagrado, y voceando encontró a Roque el Mediano. Roque era algo retrasado y hacía unos quince años que pastoreaba para Emeterio. Tendría cerca de cincuenta años y no hablaba casi nunca. Durmieron en el mismo chozo de barro, bajo los robles, aprovechando el abrazo de las raíces. En el chozo solo cabían echados y tenían que entrar a gatas, medio arrastrándose. Pero se estaba fresco en el verano y bastante abrigado en el invierno.

El verano pasó. Luego el otoño y el invierno. Los pastores no bajaban al pueblo, excepto el día de la fiesta. Cada quince días un zagal les subía la collera:

pan, cecina, sebo, ajos. A veces, una bota de vino. Las cumbres de Sagrado eran hermosas, de un azul profundo, terrible, ciego. El sol, alto y redondo, como una pupila impertérrita, reinaba allí. En la neblina del amanecer, cuando aún no se oía el zumbar de las moscas ni crujido alguno, Lope solía despertar, con la techumbre de barro encima de los ojos. Se quedaba quieto un rato, sintiendo en el costado el cuerpo de Roque el Mediano, como un bulto alentante. Luego, arrastrándose, salía para el cerradero. En el cielo, cruzados como estrellas fugitivas, los gritos se perdían, inútiles y grandes. Sabía Dios hacia qué parte caerían. Como las piedras. Como los años. Un año, dos, cinco.

Cinco años más tarde, una vez, Emeterio le mandó llamar, por el zagal. Hizo reconocer a Lope por el médico, y vio que estaba sano y fuerte, crecido como un árbol.

—¡Vaya roble! —dijo el médico, que era nuevo. Lope enrojeció y no supo qué contestar.

Francisca se había casado y tenía tres hijos pequeños, que jugaban en el portal de la plaza. Un perro se le acercó, con la lengua colgando. Tal vez le recordaba. Entonces vio a Manuel Enríquez, el compañero de la escuela que siempre le iba a la zaga. Manuel vestía un traje gris y llevaba corbata. Pasó a su lado y les saludó con la mano.

Francisca comentó:

—Buena carrera, ese. Su padre lo mandó estudiar y ya va para abogado.

Al llegar a la fuente volvió a encontrarlo. De pronto, quiso llamarle. Pero se le quedó el grito detenido, como una bola, en la garganta.

—¡Eh! —dijo solamente. O algo parecido.

Manuel se volvió a mirarle, y le conoció. Parecía mentira: le conoció. Sonreía.

—¡Lope! ¡Hombre, Lope!...

¿Quién podía entender lo que decía? ¡Qué acento tan extraño tienen los hombres, qué raras palabras salen por los oscuros agujeros de sus bocas! Una sangre espesa iba llenándole las venas, mientras oía a Manuel Enríquez.

Manuel abrió una cajita plana, de color de plata, con los cigarrillos más blancos, más perfectos que vio en su vida. Manuel se la tendió, sonriendo.

Lope avanzó su mano. Entonces se dio cuenta de que era áspera, gruesa. Como un trozo de cecina. Los dedos no tenían flexibilidad, no hacían el juego. Qué rara mano la de aquel otro: una mano fina, con dedos como gusanos grandes, ágiles, blancos, flexibles. Qué mano aquella, de color de cera, con las uñas brillantes, pulidas. Qué mano extraña: ni las mujeres la tenían igual. La mano de Lope rebuscó, torpe. Al fin, cogió el cigarrillo, blanco y frágil, extraño, en sus dedos amazacotados: inútil, absurdo, en sus dedos. La sangre de Lope se le detuvo entre las cejas.

Tenía una bola de sangre agolpada, quieta, fermentando entre las cejas. Aplastó el cigarrillo con los dedos y se dio media vuelta. No podía detenerse, ni ante la sorpresa de Manuelito, que seguía llamándole:

—¡Lope! ¡Lope!

Emeterio estaba sentado en el porche, en mangas de camisa, mirando a sus nietos. Sonreía viendo a su nieto mayor, y descansando de la labor, con la bota de vino al alcance de la mano. Lope fue directo a Emeterio y vio sus ojos interrogantes y grises.

—Anda, muchacho, vuelve a Sagrado, que ya es hora...

En la plaza había una piedra cuadrada, rojiza. Una de esas piedras grandes como melones que los muchachos transportan desde alguna pared derruida. Lentamente, Lope la cogió entre sus manos. Emeterio le miraba, reposado, con una leve curiosidad. Tenía la mano derecha metida entre la faja y el estómago. Ni siquiera le dio tiempo de sacarla: el golpe sordo, el salpicar de su propia sangre en el pecho, la muerte y la sorpresa, como dos hermanas, subieron hasta él, así, sin más.

Cuando se lo llevaron esposado, Lope lloraba. Y cuando las mujeres, aullando como lobas, le querían pegar e iban tras él, con los mantos alzados sobre las cabezas, en señal de duelo, de indignación, «Dios mío, él, que le había recogido. Dios mío, él, que le hizo hombre. Dios mío, se habría muerto de hambre si él no lo recoge...», Lope solo lloraba y decía:

—Sí, sí, sí...

El río

Para mi hermana Pilar

Don Germán era un hombre bajo y grueso, de cara colorada y ojos encendidos. Hacía bastantes años que ejercía de maestro en el pueblo, y se decía de él que una vez mató a un muchacho de una paliza. Nos lo contaron los chicos en los días fríos del otoño, sentados junto al río, con el escalofrío de la tarde en la espalda, mirando hacia la montaña de Sagrado, por donde se ponía el sol.

Era esa la hora de las historias tristes y miedosas, tras los bárbaros juegos de la tarde, del barro, de las piedras, de las persecuciones y las peleas. A medida que se acercaba el frío se acrecentaban los relatos tristes y las historias macabras. Nos habíamos hecho amigos de los hijos de Maximino Fernández, el aparcero mayor de los Bingos. Los hijos de Maximino Fernández acudían a la escuela en el invierno y a la tierra en el verano. Solamente en aquellos prime-

45

ros días de octubre, o a finales del verano, tenían unas horas libres para pelearse o jugar con nosotros. Ellos fueron los que nos hablaron de don Germán y de sus perrerías. Sobre todo el segundo de ellos, llamado Donato, era el que mayor delectación ponía en estas historias.

—Todo el día anda borracho don Germán —decía—. Se pasa la vida en la taberna, dale que dale al vino. En la escuela todo se llena del olor del tinto, no se puede uno acercar a él... Y de repente se pone a pegar y a pegar a alguno. A mí me coge tal que así —se cogía con la mano derecha un mechón de cabellos de la frente— y me levanta en el aire, como un pájaro.

Decían muchas más cosas de don Germán. Le tenían miedo y un odio muy grande, pero a través de todo esto también se les adivinaba una cierta admiración. Don Germán, según ellos, mató a un muchacho de la aldea, a palos. Esta idea les dejaba serios y pensativos.

Aquel año se prolongó nuestra estancia en el campo más que de costumbre. Estaba muy mediado el mes de octubre y aún nos encontrábamos allí. A nosotros nos gustaba la tierra oscura y húmeda, los gritos de los sembradores, bajo el brillo de un cielo como de aluminio. Amábamos la tierra y retrasar el regreso a la ciudad nos llenaba de alegría. Con todo ello, nuestra eventual amistad con los de las tierras de los Bingos se afianzó, y parecía, incluso, duradera.

Donato, a pesar de ser el segundón de los hermanos, tenía una extraña fuerza de captación, y todos le seguíamos. Era un muchacho de unos doce años, aunque por su altura apenas representaba diez. Era delgado, cetrino, con los ojos grises y penetrantes y la voz ronca, porque, según decían, tuvo de pequeño el garrotillo. Donato solía silbarnos al atardecer, para que bajáramos al río. Nosotros salíamos en silencio, por la puerta de atrás: las escalerillas de la cocina iban a parar al huerto. Luego, saltábamos el muro de piedras y bajábamos corriendo el terraplén, hacia los juncos. Allí estaba el río, el gran amigo de nuestra infancia.

El río bajaba con una voz larga, constante, por detrás del muro de piedras. En el río había pozas hondas, oscuras, de un verde casi negro, entre las rocas salpicadas de líquenes. Los juncos de gitano, los chopos, las culebras, las insólitas flores amarillas y blancas, azules o rojas como soles diminutos, crecían a la orilla del río, con nombres extraños y llenos de misterio, con venenos ocultos en el tallo, según decía la voz ronca y baja de Donato:

—De esta, si mordéis, moriréis con la fiebre metida en el estómago, como una piedra...

—De esta, si la ponéis bajo de la almohada, no despertaréis...

—De esta, el primo Jacinto murió a la madrugada, por haberla olido con los pies descalzos...

Así decía Donato, agachado entre los juncos, los ojillos claros como dos redondas gotas de agua, verdes y dorados a la última claridad del sol. También en el lecho del río, decía Donato, crecían plantas mágicas de las que hacer ungüentos para heridas malignas y medicinas de perros, y esqueletos de barcos enanos, convertidos en piedra.

Una cosa del río, bella y horrible a un tiempo, era la pesca de las truchas. Donato y sus hermanos (y hasta nosotros, alguna vez) se dedicaban a esta tarea. Debo confesar que nunca pesqué ni un barbo, pero era emocionante ver a los hijos de Maximino Fernández desaparecer bajo el agua durante unos minutos inquietantes, y salir al cabo con una trucha entre los dientes o en las manos, brillando al sol y dando coletazos. Nunca comprendí aquella habilidad, que me angustiaba y me llenaba de admiración al mismo tiempo. Donato remataba las truchas degollándolas, metiendo sus dedos morenos y duros por entre las agallas. La sangre le tintaba las manos y le salpicaba la cara de motitas oscuras, y él sonreía. Luego, ponía las truchas entre hierbas, en un cestito tejido por él con los mimbres del río, e iba a vendérselas a nuestro abuelo. Nosotros no comíamos nunca truchas, solo de verlas se nos ponía algo extraño en el estómago.

Una tarde muy fría, Donato nos llamó con su silbido habitual. Cuando nos encontramos vimos que había ido solo. Mi hermano le preguntó por los demás.

—No vinieron —dijo él—, están aún en la escuela.

Y era verdad, pues su silbido nos llamó más pronto que otras veces.

—A mí me ha echado don Germán —explicó, sonriendo de un modo un poco raro. Luego se sentó sobre las piedras. Como el tiempo estaba lluvioso y húmedo, llevaba una chaquetilla de abrigo, muy vieja, abrochada sobre el pecho con un gran imperdible.

—Cobarde, asqueroso —dijo, de pronto. Miraba al suelo y tenía los párpados oscuros y extraños, como untados de barro—. Me las pagará, me las pagará..., ¿sabéis? Me pegó con la vara: me dio así y así...

Súbitamente se quitó la chaqueta y se arremangó la camisa rota que llevaba. Tenía la espalda cruzada por unas marcas rojas y largas. A mi hermano no le gustó aquello, y se apartó. (Ya me había dado cuenta de que Donato no era demasiado amigo de mi hermano. Pero a mí me fascinaba.)

Mientras mi hermano se alejaba, saltando sobre las piedras, Donato se puso a golpear el suelo con un palo.

—Esta es la cabeza de don Germán —dijo—. ¿Ves tú? Esta es la sesera, y se la dejo como engrudo...

Sí que estaba furioso: se le notaba en lo blancos que se le ponían los pómulos y los labios. Sentí un escalofrío muy grande y un irresistible deseo de escucharle:

—¿Sabes? —continuó—. Está todo lleno de vino, por dentro. Todos saben que está lleno de vino, y si le abrieran saldría un chorro grande de vinazo negro...

Yo había visto a don Germán, en la iglesia, los domingos por la mañana. Gracias a estas descripciones me inspiraba un gran pavor. Me acerqué a Donato, y le dije:

—No le queráis en el pueblo...

Él me miró de un modo profundo y sonrió:

—No le queremos —respondió. Y su voz ronca, de pronto, no era una voz de niño—. ¡Tú qué sabes de esas cosas!... Mira: de sol a sol ayudando en la tierra, todo el día. Y luego, cuando parece que va mejor, está él, allí dentro, en la escuela, para matarnos.

—No, mataros no —protesté, llena de miedo.

Él sonrió.

—¡Matarnos! —repitió—. ¡Matarnos! Tiene dentro de la barriga un cementerio lleno de niños muertos.

Como Donato siempre decía cosas así yo nunca sabía si era de cuento o de veras lo que contaba. Pero él debía de entenderse, dentro de sus oscuros pensamientos. Sobre todo en aquellos momentos en que se quedaba muy quieto, como de piedra, mirando al río.

Fue cosa de una semana después que don Germán se murió de una pulmonía. Nosotros le vimos enterrar. Pasó en hombros, camino arriba, hacia el cementerio nuevo. Los muchachos que él apaleó cantaban una larga letanía, en fila tras el cadáver, dando patadas a las piedras. El eco se llevaba sus voces de montaña a montaña. A la puerta del cementerio pacía un caballo blanco, viejo y huesudo, con mirada triste. Junto a él estaba Donato, apoyado contra el muro, con los ojos cerrados y muy pálido. Era Donato el único que no le cantó al maestro muerto. Mi hermano, al verlo, me dio con el codo. Y yo sentí un raro malestar.

Desde que el maestro murió, Donato no nos llamó con su silbido peculiar. Sus hermanos venían como siempre, y con ellos bajábamos al río, a guerrear. La escuela estaba cerrada y había un gran júbilo entre la chiquillería. Como si luciera el sol de otra manera.

El río creció, porque hubo tormentas, y bajaba el agua de un color rojo oscuro.

—¿Y Donato, no viene?... —preguntaba yo (a pesar de que mi hermano decía: «Mejor si ese no viene: es como un pájaro negro»).

—Está *desvaído* —contestaba Tano, el mayor de sus hermanos. (*Desvaído* quería decir que no andaba bien del estómago.)

—No quiere comer —decía Juanita, la pequeña.

Hubo una gran tormenta. En tres días no pudimos salir de casa. Estaba el cielo como negro, de la mañana a la noche, cruzado por relámpagos. El río se desbordó, derribó parte del muro de piedras y entró el agua en los prados y el huerto del abuelo.

El último día de la tormenta, Donato se escapó, de noche, al río. Nadie le vio salir, y solo al alba, Tano, el hermano mayor, oyó el golpe del postigo de la ventana, que Donato dejó abierta, chocando contra el muro. Vio entonces el hueco de la cama, en el lugar que correspondía a Donato. Tuvo un gran miedo y se tapó con el embozo, sin decir nada, hasta que vio lucir el sol. (Eso contó después, temblando.)

A Donato no lo encontraron hasta dos días más tarde, hinchado y desnudo, en un pueblo de allá abajo, cerca de La Rioja, adonde lo llevó el río. Pero antes que su cuerpecillo negro y agorero se halló su carta, mal escrita en un sucio cuaderno de escuela: «Le maté yo a don Germán, le mezclé en el vino la flor encarnada de la fiebre dura, la flor amarilla de las llagas y la flor de la dormida eterna. Adiós, padre, que tengo remordimiento. Me perdone Dios, que soy el asesino».

Los alambradores

Llegaron al pueblo apenas amaneció la primavera. Hacía un tiempo más bien frío, con largos cielos grises sobre la tierra húmeda. El deshielo se retrasaba y el sol se hacía pegajoso, adhesivo a la piel, a través de la niebla. Los del campo andaban de mal humor; blasfemando. Seguramente no se les presentaban bien las cosas de la tierra: yo sabía que era así, cuando les oía y les veía de aquella forma. Mi abuelo me tenía prohibido llegarme al pueblo cuando notaba estas cosas en el aire —porque decía que en el aire se notaban—. Y aún, también, me lo prohibía en otras ocasiones, sin explicar el porqué. El caso es que en este tiempo, y de prohibido, me hallaba yo en la puerta de la herrería de Halcón, cuando por la carretera apareció el carro, entre la neblina.

—Cómicos —dijo el herrero Halcón, hurgándose en un diente con el dedo meñique.

Halcón era muy amigo mío, entre otras razones porque le llevaba de escondidas tabaco del abuelo.

Estaba sentado a su puerta, rebuscando el sol prime-rizo y comiéndose un trozo de pan frotado con ajo y aliñado con un aceite espeso y verde.

—¿Qué cómicos? —dije yo.

Halcón señaló con la punta de su navaja el carro que aparecía entre la niebla. Su toldo, como una vela, blanqueaba extrañamente; parecía un barco fantasmal que avanzara por el río gris y pedregoso de la carretera, aún con escarcha en las cunetas.

Ciertamente eran cómicos. No tuvieron mucha suerte en el pueblo —el mejor para ellos era el tiem-po de invierno, cuando las faenas del campo habían terminado, o la plena primavera, ya avanzada y ver-decida—, pues en aquellos días no estaba nadie de humor para funciones, metido cada cual en su faena. Solo yo, el secretario y su familia —mujer y cinco muchachos—, el ama del cura y las criadas del abue-lo, que me llevaron con ellas, acudimos a la primera de las funciones. A la tercera noche, los cómicos se fueron por donde habían venido.

Pero no todos. Dos de ellos se quedaron en el pueblo. Un viejo y un muchachito, de nueve o diez años. Los dos muy morenos, muy sucios, con la car-ne extrañamente seca, como las estacas bajo el sol, en agosto. «Tienen la carne sin unto», oí que decía de ellos Feliciana Moreno, la jornalera más vieja de los Fuensanta, que fue a la tienda a por aceite. Aca-baban de pasar los cómicos, que compraron cien gramos de aceitunas negras, para comer con pan del que llevaban en el zurrón. Luego les vi sentarse en la plaza, junto a la fuente, y masticar despacio, miran-do a lo lejos. Los dos con la mirada de los caminos.

—Son gitanos —dijo Halcón, pocos días después, en que pude escaparme de nuevo—. ¿Sabes tú, criatura? Son gitanos: una mala raza. Solo de verles la frente y las palmas de las manos se les adivina el diablo.

—¿Por qué? —pregunté.

—Porque sí —contestó.

Fui a echar una ojeada al pueblo, en busca de los gitanos, y les vi sentados en los porches. El niño voceaba algo:

—¡Alambradoreees! —decía.

Por la noche, mientras cenaba aburridamente en la gran mesa del comedor, con el abuelo, oí ruidos en la cocina y se me despertó la curiosidad. Apenas terminé de comer, besé al abuelo y fingí subir a acostarme. Pero, muy al contrario, bajé a la cocina, donde Elisa, la cocinera, y las criadas, junto con el mandadero Lucas el Gallo, se reían de los alambradores, que allí estaban. El viejo contaba algo, sentado junto a la lumbre, y el niño miraba con sus ojos negros, como dos agujeros muy profundos, el arroz que le servía Elisa en una escudilla de barro. Me acerqué silenciosamente, pegándome a la pared como yo sabía, para que nadie se fijara en mí. Elisa vertió salsa de tomate de la que quedaba en una sartén sobre el arroz blanco de la escudilla. Luego, alcanzó un vasito chato de color verde, muy hermoso, y lo llenó de vino. El vino se levantó de un golpe dentro del vaso, hasta rebosar. Cayeron unas gotas en la mesa y la madera las chupó, como con sed. Elisa le dio una cuchara de madera al niño, y se volvió, con las manos en jarras, a escuchar al viejo. Una sonrisa muy grande le llenaba la cara. Solo entonces puse atención en sus palabras:

—... y me dije: se acabó la vida de perro. Este y yo nos quedamos, para arraigar en el pueblo. El padre de este, a lo primero, dijo que no. Pero a la larga le he convencido. Yo, lo que dije: el oficio se lo enseño al muchacho, que un oficio es lo que se necesita *pa* vivir *asentao*. Y él lo pensó: «Bueno, abuelo: lo que *usté* diga. Ya volveremos *pa* el invierno, a ver qué tal les pinta a *ustés*...». Yo quiero hacer del chico un hombre, ¿saben *ustés*? No un perro de camino. No es buena esa vida: se sale ladrón, o algo peor, por los caminos... Aquí, se asienta uno. Yo quiero a mi nieto *asentao*. Que se case, que le nazcan hijos en el pueblo... Pasan los años sin sentir, ¿saben *ustés*?

No era verdad lo que dijo Halcón: no eran gitanos. Porque no hablaban como los gitanos ni sabían cantar. Pero hablaban también de un modo raro, diferente, que a lo primero de todo no se entendía mucho. Me senté y apoyé los codos en las rodillas, para escuchar a gusto. Lucas el Gallo se burló del viejo:

—Será gobernador el chico, si se queda de alambrador en el pueblo. Lo menos gobernador...

Las criadas se reían, pero el viejo parecía no enterarse. Y si se enteraba no hacía caso, porque seguía diciendo que quería «asentarse» en el pueblo y que todos les respetaran.

—Lo único que pide uno: que le den trabajo, sin molestar a nadie. Que uno se salga a la vida con su trabajo de uno...

El niño arrebañaba el fondo de la escudilla,

cuando el viejo le dio ligeramente con el cayado en los riñones. El niño saltó como un rayo, limpiándose la boca con el revés de la mano.

—Arrea, Caramelo —le dijo el viejo. Y las criadas se rieron también, al saber que el chico se llamaba Caramelo.

Les dieron dos calderos y una sartén para arreglar. El viejo dijo:

—Como nuevos, mañana.

Cuando se fueron, Elisa fingió descubrir mi presencia y se santiguó:

—¡A estas horas andan las golondrinas sueltas!... ¡A estas horas! ¡Como el rayo, a la cama, o bajará el amo atronándonos!

Yo subí tal como ella dijo, a zambullirme en las sábanas.

Al día siguiente los alambradores trajeron todos los cacharros. Y era verdad que estaban como nuevos: yo les pasé los dedos por las soldaduras. Y, además, los habían pulido: brillaban como oro. Elisa les pagó y les dio comida, otra vez.

—¿Y cómo anda el trabajo? —les preguntó—. ¿Hay muchos clientes en el pueblo?

—Ninguno —dijo el viejo—. Bueno: ya llegarán...

—¿Dónde dormisteis?

El viejo fingió no oír su última pregunta y se salió de allí, con el niño. Cuando no podían oírla, Elisa dijo con el aire triste y grande que ponía para hablar de los hombres que fueron a la guerra, de las tormentas, de los niños muertos:

—No encontraron trabajo, no encontrarán. En

el pueblo no caen bien los forasteros, cuando son pobres.

Eso me dolió. Y dos días después, que me escapé a la herrería, le dije a Halcón, para tranquilizarme:

—¿Por qué no encuentran trabajo los alambradores? Dice Elisa que lo hacen muy bien.

Halcón escupió en el suelo y los ojos le relampaguearon:

—¡Qué saben los gurriatos de las cosas de los hombres! ¡A callar, los que no saben!

—Dime por qué, Halcón, y así sabré.

—Porque son gitanos. Son mala raza de gitanos ladrones y asesinos. En este pueblo de Santa Magdalena y de San Roque, con nuestra reliquia en el altar del Santo, no caben razas del diablo. Nadie les dará nada. Porque yo te digo, y verás cómo acierto: esos harán una picardía gorda y los tendremos que echar.

—Puede que no... —dije. Me acordaba de la espalda del chico Caramelo, con sus huesecillos como alones, a través de la ropa, y lo sentía.

—Será, será. Ya verás tú, inocente, cómo será.

A los alambradores los vi por la calle de las Dueñas, golpeando una lata con una piedra y gritando:

—¡Alambradoreees! —A través de la neblina dulce de la mañana.

Luego, al mediodía, entraron en la tienda, y pidieron aceite de fiado.

—No se fía —les dijeron.

Salieron en silencio, otra vez, hacia la fuente. Les vi cómo bebían agua y enfilaban luego hacia la calle del Osario, gritando:

—¡Alambradoreees!

Oírles me dejaba una cosa ácida en el paladar, y le pedí a Elisa:

—Busca todos los cacharros viejos que tengas, para que los arreglen los alambradores...

—Criatura: todos los arreglaron. Los que lo necesitaban y los que no. ¿Qué puedo yo hacer?

Nada. Nada podía hacer nadie. Estaba visto. Porque a la tarde del domingo, estando yo en los porches curioseando entre los burros y los carritos de los quincalleros (entre cintas de seda, relojitos de hojalata, anillos con retratos de soldados a todo color, puntillas blancas, piezas de pana marrón, peines azules y alfileres de colores) oí la algarabía y salí a la carretera.

Dos mujeres y una pandilla de chiquitos perseguían, gritando, vociferando, a los alambradores. Había en la tarde, que ya se presentaba cálida y con sol, una extraña polvareda azul, un revoloteo de plumas negras, unas piedras lanzadas con furia, como palabras, hacia aquella espalda de huesecillos como alones.

—¡La peste, la peste de gentuza! ¡Me robaron a la Negrita! ¡Me la robó el golfo del pequeño, a mi Negrita! ¡La llevaba escondida debajo de la chaqueta, a mi Negrita!...

La Negrita cacareaba, a medio desplumar, con sus ojos redondos de color de trigo, envuelta en el delantal de la Baltasara. Los chiquillos recogían piedras de la cuneta, con un gozo muy grande. A uno, que llamaban el Buque, al inclinarse al suelo a por un canto muy grande, le caía un hilo de babilla por la boca abierta.

Corrí, para verles cómo se iban: deprisa, con un trotecillo menudo, arrimándose a la roca (como yo a la pared, cuando no quería que se me viera). El chaval se volvió dos veces, con sus ojos negros, como agujeros muy hondos. Luego, traspusieron el recodo, a todo correr. Caramelo llevaba los brazos levantados por encima de la cabeza y la espalda temblando, como un pájaro en invierno.

La fiesta

Era hija de una de las criadas del alcalde y de un mal carbonero, de esos que van de prohibido por los bosques, destrozando árboles. El carbonero se fue, después de una riña a cuchilladas con sus compañeros, y la mujer, con la niña, volvió a casa del alcalde.

—Que me tome, por Dios —dijo la antigua criada—. Tómeme, aunque sea por la comida.

El alcalde lo pensó algo, pero, como tenía fama en el pueblo de bondadoso, se la quedó, bajo esas condiciones. A su mujer le hizo gracia la niña, que no tenía aún diez meses y que parecía robusta, muy dispuesta a la risa. Ellos no tenían hijos todavía y la niña venía a alegrar la casa.

A la niña le pusieron de nombre Eloísa, que era un bonito nombre, por la santa del día en que nació. La alcaldesa bajaba a verla a la era, cuando las faenas de la parva, donde su madre la tendía bajo un paraguas abierto, junto a la cesta de la comida y el vino.

—Eloísa, Eloísa —decía la alcaldesa, que gustaba mucho de pronunciar palabras hermosas. Le miraba las piernas al aire, la boca ensalivada, y le acariciaba la cabeza.

Cuando Eloísa ya correteaba sobre sus piernecillas cortas y vigorosas, la alcaldesa se sintió encinta. Al invierno, poco más allá de la Navidad, nació en casa del alcalde un niño largo y rojizo, que prometía ser tan buen mozo como su padre. Hubo bautizo por todo lo alto. Apadrinaron al catecúmeno el barón y la baronesa —llegados ex profeso en su tílburi pintado de rojo, desde su finca El Endrinero—, y hubo chocolate con bollos para los niños de la escuela. Al niño se le llamó Eleuterio Ramiro Gracián, y el mundo se borró a su alrededor para el alcalde y la alcaldesa.

Eloísa fue perdiendo puntos, día a día. Dos meses después del nacimiento de Eleuterio, Eloísa ya no podía subir al piso del ama y debía permanecer en la cocina o en el cuarto de los aperos. Si hacía buen tiempo correteaba por el huerto, oculta a los ojos de la alcaldesa de forma que no le llegaran sus gritos ni sus pisadas torpes. La madre la miraba desde la puerta, con mirada honda y pensativa, los brazos caídos a lo largo del cuerpo, atenta a las voces del piso superior:

—Calla, Eloísa, que no te oigan los amos —decía.

A Mariano, el aparcero mayor, le molestaba oírle decir aquello:

—No eres un perro, para tener amo —le decía.

Pero ella sonreía de un modo vago, y meneaba la cabeza.

Eloísa creció mucho. A los diez años parecía tener catorce. Su cuerpo era grande, sus piernas gruesas. La cabeza firme sobre el cuello macizo, los ojos azules, de un azul intenso de heliotropo. Su boca, de labios gruesos, se abría en una sonrisa constante y fija.

—Pobre muchacha —decían los de la cocina, los de la tierra, los segadores. Y también los quincalleros que entraban a tomar un vaso de vino, de pasada, por la puerta de atrás.

Eloísa hablaba despacio y poco, miraba fijamente, con bondad, y no sabía leer ni escribir. Mariano, el aparcero mayor, le decía a la madre:

—Mujer, llévala al médico. Dicen que hay uno bueno en llegando a Milanillo...

La madre callaba y miraba al suelo. Luego, se encogía de hombros, y decía:

—No tiene cura, porque no está enferma. Solo que es inocente.

La madre de Eloísa cogió fiebres malignas. Tras dos meses de arrastrar la enfermedad, mitad en la cama, mitad de faena, la trenza anudada con descuido y los ojos brillantes, murió al comienzo de la primavera. Luego del entierro, Mariano le dijo al alcalde:

—Mire usted, que de la chica habrá que pensar algo.

—¿Qué chica?

—De la Eloísa hablo, la hija de la difunta.

—¡Ay, ya! —dijo el alcalde—. Bueno: eso lo dices a mi mujer. Que ella lo piense.

La alcaldesa lo pensó:

—¡Ay, qué sé yo! Llena estoy de hijos. Bastante

que pensar me dan los míos, y aún habré de cavilar por los de los demás...

No caviló mucho. Eloísa no servía ni para coser ni para cocinar: era zafia, torpona, pesada. Por otra parte, pocas muchachas podían compararse con ella en cuanto a fuerza y salud. Eloísa, a sus doce años, era alta como una mujer y cargaba pesos como un hombre.

—De pastora —dijo el alcalde—. De pastora la pondremos, con las ovejas.

La mandaron al monte, y Eloísa fue feliz. Pasaba mucho tiempo echada cara al cielo. Enseguida conoció el oficio. Cierto que no hablaba con nadie, casi nunca. Pero tampoco habló mucho cuando estuvo en la casa. Bajaba al pueblo cada tres meses, y todas las semanas un zagal le subía la comida.

Pasó el tiempo. Eloísa cumplió quince años. Se abría el mes de mayo y estaban en vísperas de la fiesta del pueblo. Le tocó bajar a la casa y se estaba en la cocina, comiendo un plato de cocido, cuando entró el amo. Este se la quedó mirando, y sonrió. Parecía contento.

—Esta es Eloísa —dijo Manuela, una de las jornaleras.

—Ah, sí, Eloísa —contestó el amo—. ¡Qué niña te tuve entre mis brazos! ¡Y qué moza ya, cielo bendito! ¡Qué moza ya!

Le acarició el pelo y Eloísa enrojeció, sonriente.

—Ya eres una mujer —dijo el amo—. Estás en edad de novio. ¿A qué día estamos, Manuela?... A quince: dentro de cuatro, la fiesta. Tú ya estás en edad de fiestas, Eloísa.

Eloísa levantó la cabeza vivamente, y se le quedó mirando con la boca abierta.

—Mira lo que te digo, muchacha: este año bajarás a la fiesta. Sí: te bajas ya la víspera, por la noche. Tú también celebrarás el santo. ¿Te gustan las fiestas?

Eloísa estaba roja como una amapola. Afirmó levemente con la cabeza, y Manuela intervino, riéndose:

—¡Qué sabe ella de fiestas, si no vio ninguna! —dijo—. Muy niña era para acordarse ahora.

Entonces Eloísa habló. Su voz sonó clara y despaciosa, extrañada:

—Sí, me acuerdo —dijo—. Me acuerdo. Venían quincalleros y carros con melocotones. También churreros, y, sobre todo, música.

El alcalde asintió:

—Así es. Bien: tendrás danza y baile, Eloísa. ¡Malo será que no encuentres buen novio! Y, de estas, pronto celebraremos bodas. ¡Te aseguro que te haré buenas bodas, Eloísa! Tu madre fue una buena mujer.

A Eloísa se le llenaron los ojos de lágrimas. El alcalde se fue de la cocina, y Manuela se volvió a ella con las manos en jarras:

—¡Pero chica! —dijo—. ¡Pero chica!

Y le dio en la espalda con la palma abierta, para demostrarle su contento.

Desde aquel momento empezó el sueño. Eloísa recogió su muda limpia, su zurrón, el pan, la cecina, los ajos. Se peinó despacio su trenza áspera, negra como el carbón. Se calzó las abarcas nuevas, sobre las medias de lana blanca. Todo con el ensueño dentro, como un mal viento, dulce y enemigo a un tiempo. Algo se le había colado en el pecho que le quitaba la paz. Los tres días restantes los pasó tumbada cara al cielo, con las manos llenas de piedrecillas menudas, que tiraba una a una, lejos, con una sonrisa grande y total. «Fiestas, fiestas, boda, fiestas...», pensaba. De pronto había amanecido un sol grande y punzante que la hería dentro, que terminaba con su tranquilidad, pero que abría un mundo extraño y desconocido delante de sus ojos. «Como las chicas del pueblo. Como todas las chicas del pueblo. Habrá buenas fiestas para mi boda. Cuánto me gusta la fiesta.» No podía pensar en otra cosa. Nunca había pensado así en nada.

Bajó el diecinueve por la noche. Cuando llegó a la casa ya brillaban las estrellas en el cielo. Entró en la cocina colorada y radiante, y las criadas y Mariano la celebraron con burlas y risas de cariño.

—¡Anda, qué buena moza se gana la plaza este año! —dijo Mariano, dándole vueltas a la sopa con la cuchara. Y a su salud se bebió un cuartillo de tinto oloroso.

—Te has de ganar el baile —le dijo Margarita, la cocinera—. Mañana estará la casa de bote en bote: toda la parentela del alcalde y mil gorrones que se vienen a celebrar en esta casa la fiesta. Muchacha, has de ayudar en la cocina. Toda la tarde será tuya, pero la mañana me la empleas a mí.

Eloísa asintió.

—El baile es lo que quiero yo —dijo. Y todos se rieron.

El día amaneció cálido y brillante. Las campanas la despertaron con gran sobresalto, a eso de las seis. Subió descalza a la cocina, donde ya trajinaban las mujeres.

—¡Cúbrete, muchacha desvergonzada, que los hombres van a entrar de un momento a otro!

Con un gran contento Eloísa se fue a la pila del lavadero y se restregó con jabón y estropajo. Se vistió la muda limpia. Se miró en el espejo de las criadas, ruborizada y torpe. Sus propios ojos azules la miraban. La mañana, tal como anunció la cocinera, fue de gran trajín. Eloísa tuvo que atender a mil trabajos: acarrear agua, pelar patatas, subir cargas de leña, vigilar la hornada de panes, tortas y empanadas, fregar, recoger, llevar y traer... Luego, ayudó a servir la gran mesa instalada en la trasera de la huerta, con sus veintisiete comensales. Cierto es que la ayudaron Manuela y una hija de esta, de catorce años, llamada Filomena, pero aun así, cuando al fin se sentaron a comer los aparceros y los de la cocina —serían alrededor de las cuatro de la tarde—, Eloísa estaba algo pálida. Así lo dijo Mariano:

—Chica, a ver si vas a estar rendida *pa* la hora del baile.

—¡Bah! —dijo la cocinera—. ¡Como si no supiera esta de ires y venires! ¡Si anda triscando por los montes todo el día! Mujer es, y bueno es que aprenda las faenas de la casa, siquiera sea una vez al año.

—Una buena siesta en comiendo, y *pa* la hora del baile como nueva —dijo Manuela, metiéndose en la boca una gran cucharada.

Eloísa sonrió. No tenía apetito, a pesar de que el olor del caldo de fiesta le estuvo cosquilleando la nariz golosamente toda la mañana. Dentro de su corazón, en un lugar que ella no sabía de cierto, le culebreaba una inquietud alegre y dolorosa: «El baile. Es la fiesta. Es la fiesta...». No pudo ir por la mañana a la iglesia, pues había demasiado trabajo, pero oyó las campanas, y aún le parecía que sonaban, en alguna parte.

La comida en la cocina fue ruidosa y llena de rosas. El vino corrió, y Eloísa lo probó también. Le gustó, porque aquella sensación que le naciera cuando oyó las palabras del amo hablándole de la fiesta se avivaba con él. «Ya falta poco, ya falta muy poco.»

Después de comer, las mujeres recogieron los cacharros, que se apilaban en increíble cantidad junto a los fregaderos. Los hombres se tendieron en el patio, con los cigarros y el anís, los ojos cargados. Los amos hacía rato que habían subido a sestear.

Eloísa tenía sueño. Tanto sueño y cansancio que la cocinera la miró y le dijo:

—Anda a echarte un rato, moza. Anda a echarte, que ya has bregado lo tuyo y luego no podrás bailar.

—No, no —respondió Eloísa.

Pero la cocinera la empujó suave hacia la puerta.

—Anda, échate en mi cama. Hasta las seis no empieza la música...

Casi sin sentir se fue donde le decían. El cuarto de las criadas olía espeso, muy distinto a la choza de las montañas. Se echó vestida, encima de la cama de hierro. Se durmió.

Su sueño era grande y pesado. Un sueño de animal de bosque o de niño: de niño extraño y grande, de niño raramente prolongado a través de los años.

A las seis bajaron las mujeres a darse un toque. La vieron dormida, con el pecho suave y profundamente levantado a compás del sueño.

—*¡Dejaila!* —exclamó la cocinera—. *¡Dejaila* dormir!

Filomena, la hija de Manuela, se echó a reír.

—¡A ver cuánto duerme!

—¡A ver!

Salieron. Cuando doblaban la esquina (húmedos los cabellos tirantes, los zapatos brillando, resonando sobre el empedrado de cantos desiguales) les llegó la música de la plaza. Como un aire fresco, hasta los ojos y la frente, calientes por el vino y el trajín.

Pasó la tarde. Volvieron, fatigadas, a preparar la cena, a eso de las diez.

De pronto, Manuela se acordó de Eloísa.

—¡Virgen, la zagala!

Se miraron las mujeres, como sorprendidas. Filomena se tapó la boca para no reír. Bajó de puntillas al cuarto, y subió a poco.

—¡Que duerme aún! ¡Que está dormida!

Se quedaron un minuto en silencio. Al fin, la cocinera levantó los hombros, con gesto como resignado.

—*¡Dejaila* ya! *¡Pa* qué!... ¡Que duerma, por lo menos!

Después de la cena volvieron al baile, que duró hasta la una de la madrugada.

A eso de las cinco se despertó Eloísa. Un claro resplandor entraba por la ventana. Se incorporó en el lecho y miró con ojos asustados a su alrededor. Tenía los párpados hinchados y enrojecidos, sobre el azul heliotropo de sus pupilas.

—¡Margarita...! —llamó.

La cocinera dormía a su lado, con un ronquido leve.

Margarita dio un gruñido y Eloísa la zarandeó.

—Margarita..., ¡que es la hora del baile! —Y sin saber por qué le temblaba la voz. La cocinera abrió un ojo y dijo, con voz áspera:

—¡Qué baile ni qué...! ¡Ya se acabó la fiesta! Estuviste durmiendo, bobalicona, toda la tarde, toda la noche... ¡Se acabó la fiesta!

Eloísa se quedó quieta, mirando a la pared. Margarita se incorporó a medias, y la miró con el rabillo del ojo.

—Anda, muchacha, no lo tomes así. Dentro de un año la fiesta vuelve. Duerme. Te queda todavía una hora.

Pero Eloísa se levantó despacio. Se calzó las abarcas, se echó el mantón por la cabeza y salió hacia su montaña.

Dos días después, el niño que le subía la collera la encontró muerta cara al cielo. Dijo el médico que fue cosa del corazón, que andaría débil. Pero Manuela decía a todo el mundo que le preguntaba:

—Ay, la zagala, se murió de «tristura».

Bernardino

Siempre oímos decir en casa, al abuelo y a todas las personas mayores, que Bernardino era un niño mimado.

Bernardino vivía con sus hermanas mayores, Engracia, Felicidad y Herminia, en Los Lúpulos, una casa grande, rodeada de tierras de labranza y de un hermoso jardín, con árboles viejos agrupados formando un diminuto bosque, en la parte lindante con el río. La finca se hallaba en las afueras del pueblo, y, como nuestra casa, cerca de los grandes bosques comunales.

Alguna vez, el abuelo nos llevaba a Los Lúpulos, en la pequeña tartana, y, aunque el camino era bonito por la carretera antigua, entre castaños y álamos, bordeando el río, las tardes en aquella casa no nos atraían. Las hermanas de Bernardino eran unas mujeres altas, fuertes y muy morenas. Vestían a la moda antigua —habíamos visto mujeres vestidas como ellas en el álbum de fotografías del abuelo— y se peinaban con moños levantados, como roscas de azúcar, en lo alto de la cabeza. Nos parecía extraño que un niño de nuestra edad tuviera hermanas que parecían tías, por lo menos. El abuelo nos dijo:

—Es que la madre de Bernardino no es la misma madre de sus hermanas. Él nació del segundo matrimonio de su padre, muchos años después.

Esto nos armó aún más confusión. Bernardino, para nosotros, seguía siendo un ser extraño, distinto. Las tardes que nos llevaban a Los Lúpulos nos vestían incómodamente, casi como en la ciudad, y debíamos jugar a juegos necios y pesados, que no nos divertían en absoluto. Se nos prohibía bajar al río, descalzarnos y subir a los árboles. Todo esto parecía tener una sola explicación para nosotros:

—Bernardino es un niño mimado —nos decíamos. Y no comentábamos nada más.

Bernardino era muy delgado, con la cabeza redonda y rubia. Iba peinado con un flequillo ralo, sobre sus ojos de color pardo, fijos y huecos, como si fueran de cristal. A pesar de vivir en el campo, estaba pálido, y también vestía de un modo un tanto insólito. Era muy callado, y casi siempre tenía un aire entre asombrado y receloso, que resultaba molesto. Acabábamos jugando por nuestra cuenta y prescindiendo de él, a pesar de comprender que eso era bastante incorrecto. Si alguna vez nos lo reprochó el abuelo, mi hermano mayor decía:

—Ese chico mimado... No se puede contar con él.

Verdaderamente no creo que entonces supiéramos bien lo que quería decir estar mimado. En todo caso, no nos atraía, pensando en la vida que llevaba

Bernardino. Jamás salía de Los Lúpulos como no fuera acompañado por sus hermanas. Acudía a la misa o paseaba con ellas por el campo, siempre muy seriecito y apacible.

Los chicos del pueblo y los de las minas lo tenían atravesado. Un día, Mariano Alborada, el hijo de un capataz, que pescaba con nosotros en el río a las horas de la siesta, nos dijo:

—A ese Bernardino le vamos a armar una.

—¿Qué cosa? —dijo mi hermano, que era el que mejor entendía el lenguaje de los chicos del pueblo.

—Ya veremos —dijo Mariano, sonriendo despacito—. Algo bueno se nos presentará un día, digo yo. Se la vamos a armar. Están ya en eso Lucas Amador, Gracianín y el Buque... ¿Queréis vosotros?

Mi hermano se puso colorado hasta las orejas:

—No sé —dijo—. ¿Qué va a ser?

—Lo que se presente —contestó Mariano, mientras sacudía el agua de sus alpargatas, golpeándolas contra la roca—. Se presentará, ya veréis.

Sí: se presentó. Claro que a nosotros nos cogió desprevenidos, y la verdad es que fuimos bastante cobardes cuando llegó la ocasión. Nosotros no odiábamos a Bernardino, pero no queríamos perder la amistad con los de la aldea, entre otras cosas porque hubieran hecho llegar a oídos del abuelo andanzas que no deseábamos que conociera. Por otra parte, las escapadas con los de la aldea eran una de las cosas más atractivas de la vida en las montañas.

Bernardino tenía un perro que se llamaba Chu. El perro debía de querer mucho a Bernardino, porque siempre le seguía saltando y moviendo su rabito blanco. El nombre de Chu venía probablemente de chucho, pues el abuelo decía que era un perro sin raza y que maldita la gracia que tenía. Sin embargo, nosotros le encontrábamos mil, por lo inteligente y simpático que era. Seguía nuestros juegos con mucho tacto y se hacía querer enseguida.

—Ese Bernardino es un pez —decía mi hermano—. No le da a Chu ni una palmada en la cabeza. ¡No sé cómo Chu le quiere tanto! Ojalá que Chu fuera mío...

A Chu le adorábamos todos, y confieso que alguna vez, con muy mala intención, al salir de Los Lúpulos intentamos atraerlo con pedazos de pastel o terrones de azúcar, para ver si se venía con nosotros. Pero no: en el último momento Chu nos dejaba con un palmo de narices, y se volvía saltando hacia su inexpresivo amito, que le esperaba quieto, mirándonos con sus redondos ojos de vidrio amarillo.

—Ese pavo... —decía mi hermano pequeño—. Vaya un pavo ese...

Y, la verdad, a qué negarlo, nos roía la envidia.

Una tarde en que mi abuelo nos llevó a Los Lúpulos encontramos a Bernardino raramente inquieto.

—No encuentro a Chu —nos dijo—. Se ha perdido, o alguien me lo ha quitado. En toda la mañana y en toda la tarde que no lo encuentro...

—¿Lo saben tus hermanas? —le preguntamos.

—No —dijo Bernardino—. No quiero que se enteren...

Al decir esto último se puso algo colorado. Mi hermano pareció sentirlo mucho más que él.

—Vamos a buscarlo —le dijo—. Vente con nosotros, y ya verás cómo lo encontraremos.

—¿Adónde? —dijo Bernardino—. Ya he recorrido toda la finca...

—Pues afuera —contestó mi hermano—. Vente por el otro lado del muro y bajaremos al río... Luego, podemos ir hacia el bosque... En fin, buscarlo. ¡En alguna parte estará!

Bernardino dudó un momento. Le estaba terminantemente prohibido atravesar el muro que cercaba Los Lúpulos, y nunca lo hacía. Sin embargo, movió afirmativamente la cabeza.

Nos escapamos por el lado de la chopera, donde el muro era más bajo. A Bernardino le costó saltarlo, y tuvimos que ayudarle, lo que me pareció que le humillaba un poco, porque era muy orgulloso.

Recorrimos el borde del terraplén y luego bajamos al río. Todo el rato íbamos llamando a Chu, y Bernardino nos seguía, silbando de cuando en cuando. Pero no lo encontramos.

Íbamos ya a regresar, desolados y silenciosos, cuando nos llamó una voz, desde el caminillo del bosque:

—¡Eh, tropa!...

Levantamos la cabeza y vimos a Mariano Alborada. Detrás de él estaban Buque y Gracianín. Todos llevaban juncos en la mano y sonreían de aquel modo suyo, tan especial. Ellos solo sonreían cuando pensaban algo malo. Mi hermano dijo:

—¿Habéis visto a Chu?

Mariano asintió con la cabeza:

—Sí, lo hemos visto. ¿Queréis venir?

Bernardino avanzó, esta vez delante de nosotros. Era extraño: de pronto parecía haberse perdido su timidez.

—¿Dónde está Chu? —dijo. Su voz sonó clara y firme.

Mariano y los otros echaron a correr, con un trotecillo menudo, por el camino. Nosotros le seguimos, también corriendo. Primero que ninguno iba Bernardino.

Efectivamente: ellos tenían a Chu. Ya a la entrada del bosque vimos el humo de una fogata, y el corazón nos empezó a latir muy fuerte.

Habían atado a Chu por las patas traseras y le habían arrollado una cuerda al cuello, con un nudo corredizo. Un escalofrío nos recorrió: ya sabíamos lo que hacían los de la aldea con los perros sarnosos y vagabundos. Bernardino se paró en seco, y Chu empezó a aullar, tristemente. Pero sus aullidos no llegaban a Los Lúpulos. Habían elegido un buen lugar.

—Ahí tienes a Chu, Bernardino —dijo Mariano—. Le vamos a dar *de veras*.

Bernardino seguía quieto, como de piedra. Mi hermano, entonces, avanzó hacia Mariano.

—¡Suelta al perro! —le dijo—. ¡Lo sueltas o...!

—Tú, quieto —dijo Mariano, con el junco levantado como un látigo—. A vosotros no os da vela nadie en esto... ¡Como digáis una palabra, voy a contarle a vuestro abuelo lo del huerto de Manuel el Negro!

Mi hermano retrocedió, encarnado. También yo noté un gran sofoco, pero me mordí los labios. Mi hermano pequeño empezó a roerse las uñas.

—Si nos das algo que nos guste —dijo Mariano— te devolvemos a Chu.

—¿Qué queréis? —dijo Bernardino. Estaba plantado delante, con la cabeza levantada, como sin miedo. Le miramos extrañados. No había temor en su voz.

Mariano y Buque se miraron con malicia.

—Dineros —dijo Buque.

Bernardino contestó:

—No tengo dinero.

Mariano cuchicheó con sus amigos, y se volvió a él:

—Bueno, por cosa que lo valga...

Bernardino estuvo un momento pensativo. Luego se desabrochó la blusa y se desprendió la medalla de oro. Se la dio.

De momento, Mariano y los otros se quedaron como sorprendidos. Le quitaron la medalla y la examinaron.

—¡Esto no! —dijo Mariano—. Luego nos la encuentran y... ¡Eres tú un mal bicho! ¿Sabes? ¡Un mal bicho!

De pronto, les vimos furiosos. Sí; se pusieron furiosos y seguían cuchicheando. Yo veía la vena que se le hinchaba en la frente a Mariano Alborada, como cuando su padre le apaleaba por algo.

—No queremos tus dineros —dijo Mariano—. ¡Guárdate tu dinero y todo lo tuyo!... ¡Ni eres hombre ni *ná*!

Bernardino seguía quieto. Mariano le tiró la medalla a la cara. Le miraba con ojos fijos y brillantes, llenos de cólera. Al fin, dijo:

—Si te dejas dar *de veras* tú, en vez del chucho...

Todos miramos a Bernardino, asustados.

—No... —dijo mi hermano.

Pero Mariano nos gritó:

—¡Vosotros a callar, o lo vais a sentir!... ¿Qué os va en esto? ¿Qué os va?...

Fuimos cobardes y nos apiñamos los tres junto a un roble. Sentí un sudor frío en las palmas de las manos. Pero Bernardino no cambió de cara. («Ese pez...», que decía mi hermano.) Contestó:

—Está bien. Dadme *de veras.*

Mariano le miró de reojo, y por un momento nos pareció asustado. Pero enseguida dijo:

—¡Hala, Buque!...

Se le tiraron encima y le quitaron la blusa. La carne de Bernardino era pálida, amarillenta, y se le marcaban mucho las costillas. Se dejó hacer, quieto y flemático. Buque le sujetó las manos a la espalda, y Mariano dijo:

—Empieza tú, Gracianín...

Gracianín tiró el junco al suelo y echó a correr, lo que enfureció más a Mariano. Rabioso, levantó el junco y dio *de veras* a Bernardino, hasta que se cansó.

A cada golpe mis hermanos y yo sentíamos una vergüenza mayor. Oíamos los aullidos de Chu y veíamos sus ojos, redondos como ciruelas, llenos de un fuego dulce y dolorido que nos hacía mucho daño. Bernardino, en cambio, cosa extraña, parecía no sentir el menor dolor. Seguía quieto, zarandeado solamente por los golpes, con su media sonrisa fija y bien educada en la cara. También sus ojos seguían impávidos, indiferentes. («Ese pez», «ese pavo», sonaba en mis oídos.)

Cuando brotó la primera gota de sangre, Mariano se quedó con el mimbre levantado. Luego vimos que se ponía muy pálido. Buque soltó las manos de Bernardino, que no le ofrecía ninguna resistencia, y se lanzó cuesta abajo, como un rayo.

Mariano miró de frente a Bernardino.

—Puerco —le dijo—. Puerco.

Tiró el junco con rabia y se alejó, más aprisa de lo que hubiera deseado.

Bernardino se acercó a Chu. A pesar de las marcas del junco, que se inflamaban en su espalda, sus brazos y su pecho, parecía inmune, tranquilo y altivo, como siempre. Lentamente desató a Chu, que se lanzó a lamerle la cara, con aullidos que partían el alma. Luego, Bernardino nos miró. No olvidaré nunca la transparencia hueca fija en sus ojos de color de miel. Se alejó despacio por el caminillo, seguido de los saltos y los aullidos entusiastas de Chu. Ni siquiera recogió su medalla. Se iba sosegado y tranquilo, como siempre.

Solo cuando desapareció nos atrevimos a decir algo. Mi hermano recogió la medalla del suelo, que brillaba contra la tierra.

—Vamos a devolvérsela —dijo.

Y aunque deseábamos retardar el momento de verle de nuevo, volvimos a Los Lúpulos.

Estábamos ya llegando al muro, cuando un ruido nos paró en seco. Mi hermano mayor avanzó hacia los mimbres verdes del río. Le seguimos, procurando no hacer ruido.

Echado boca abajo, medio oculto entre los mimbres, Bernardino lloraba desesperadamente, abrazado a su perro.

El rey

La escuela del pueblo estaba en una casa muy vieja, quizá de las más viejas de la aldea. Consistía en una nave larga, dividida en dos secciones (una para los niños, otra para las niñas) con ventanas abiertas a la calleja. Desde las ventanas se veía el río, con su puente y el sauce. Más allá, sobre los tejadillos cobrizos, salpicados de líquenes verdes como cardenillo, las montañas proyectaban su sombra ancha y azul, bajo el gran cielo.

Debajo de la escuela había un pequeño soportal, sostenido por enmohecidas columnas de madera de roble, quemadas por el tiempo, recorridas por la lluvia y las hormigas, llenas de cicatrices, muescas y nombres de muchachos, unos vivos y otros ya muertos. Encima de la escuela había aún otro piso, de techo muy bajo, con dos viviendas: una para el maestro, la otra para una mujer viuda, muy pobre, que se llamaba Dorotea Marina. Esta mujer limpiaba, cocinaba y cuidaba del maestro y su vivienda.

Dorotea Marina tenía un hijo. Se llamaba Dino, tenía nueve años, y todos en la aldea sentían por él, si no cariño, compasión. Desde los tres años, Dino estaba paralítico de la cintura a los pies, y se pasaba la vida sentado en un pequeño silloncito de anea, junto a la ventana. Así, sin otra cosa que hacer, miraba el cielo, los tejados, el río y el sauce: desde los colores dorados de la mañana a los rosados y azules de la tarde. Dino era un niño deforme, por la falta de ejercicio y la inmovilidad. Tenía los brazos delgados y largos, y los ojos redondos, grandes, de color castaño dorado, como el alcaraván.

Dino, desde su silla, oía el rumor de la escuela y los gritos de los muchachos. Conocía las horas de entrada y de salida, las de lectura, las de Aritmética, las de Geografía...

—Madre, hoy dan doctrina —decía, con el cuello alargado, como un pájaro, hacia el sonido monótono que ascendía pared arriba, como un ejército de insectos.

O bien:

—Madre, hoy toca cantar la tabla...

De oírles a los chicos, se sabía de memoria algunas cosas: la cantinela de la tabla de multiplicar, el padrenuestro, el credo y alguna fábula de Esopo.

Los domingos, si hacía sol, o al final de las tardes del verano, cuando el calor no castigaba y la noche llegaba más despacio, su madre le sacaba en brazos al soportal, y así Dino podía ver de cerca a los muchachos y hablar algo con ellos. Dino se reía, con su risa menuda y un tanto dura, como el rebotar de una piedra blanca contra el suelo, viéndoles salir en tropel, pelear, bajar corriendo al río, saltar uno sobre otro jugando a la burranca. A veces, alguno se le acercaba a intercambiar cromos o bolitas de colores:

—Dino, cámbiame estas...

—No, esa no: está rota...

—Esa ya la tengo...

Se apiñaban, entonces, a su alrededor. En una cajita, Dino guardaba los cromos del chocolate del maestro y las bolas de cristal. Su madre le tenía aseado y bien planchado, con su cajita siempre a mano, y Dino, seguramente, era feliz.

Un día, el maestro murió. Estuvieron cerca de un mes sin clases, y, al fin, llegó don Fermín.

Don Fermín era un hombre cincuentón, de cabello gris y ojos pequeños y parpadeantes. Tenía el rostro cansado y afable, y los muchachos dijeron, a la salida:

—Este don Fermín es mejor que don Fabián.

Don Fermín era de buen conformar. Dorotea Marina también comentó, con las mujeres:

—No protesta de nada. No es como el pobre don Fabián, que en gloria esté, que todo el santo día estaba blasfemando...

En la escuela, don Fermín desterró los castigos corporales. Los muchachos no estudiaban más con él que con don Fabián, quizá se le desmandaban algo, pero no le odiaban. Quererle hubiera sido pedirles demasiado.

Don Fermín tenía un aire triste y pensativo. Un día le dijo a Dorotea:

—Desde que murió mi mujer que ando por el mundo como perdido.

Dorotea asintió, suspirando, mientras le servía la sopa:

—Así es, la verdad. También a mí me ocurrió lo mismo, cuando murió mi Alejandro. Ya le digo, don Fermín: si no fuera por mi hijo no sé si no me habría arrojado al Agaro.

—¡Ah!... ¿Tiene usted un hijo?

—Uno, sí, señor. Nueve años me cumplió esta primavera.

—Pues ¿cuál de ellos es? —dijo don Fermín—. No recuerdo su nombre.

Dorotea le miró con tristeza.

—No, señor. No va a la escuela. ¿No sabe usted? Creí que le habrían dicho..., como en los pueblos se habla todo enseguida...

Se lo contó. Don Fermín no dijo nada, y comió con el aire abstraído de todos los días. Pero cuando terminó y se sentó a reposar junto a la ventana, mientras Dorotea recogía los platos y el mantel, dijo:

—Mujer, quiero conocer a su chico. Vamos: no se le puede tener así, sin escuela, como una bestezuela. Si él no puede acudir, acudiré yo.

Dorotea juntó las manos y se echó a llorar.

Desde aquel día, don Fermín, cuando la clase había concluido, pasaba a la vivienda de Dorotea Marina, y enseñaba a leer a Dino.

Pasó el tiempo. Se fue el verano y entró el invierno en la aldea. Dino y don Fermín se hicieron amigos.

Dino aprendió enseguida a leer, y aun a escribir. También «de cuentas», como decía Dorotea en la fuente, ante las mujeres que la escuchaban atentas.

—Ay, mujer, mujer: en un santiamén, mi pobrecito Dino, que te lee de corrido, como el señor cura...

Dino le tomó cariño a don Fermín. Esperaba siempre su llegada con impaciencia:

—Madre, que ya rezan el padrenuestro. Ya van para la despedida...

Sonaban las seis en el reloj de la torre y los muchachos salían de la escuela. Oía sus carreras, sus gritos y sus pisadas, bajando la escalera angosta. Luego, los pasos lentos, los zapatos que crujían, y entraba don Fermín.

—¡Hola, bandido! —decía.

Dino sonreía y empezaba la lección. Después de la lección, don Fermín seguía allí mucho rato. Esto era lo mejor para Dino. Don Fermín le hablaba, le contaba historias, le explicaba cosas de hombres y tierras que estaban lejos de allí. Luego, a veces, Dino soñaba, por las noches, con las historias de don Fermín.

—Ay, le llena usted la cabeza, don Fermín —decía Dorotea, entre orgullosa y dolorida—. ¡Es la vida tan dura, luego!

—Él no es como los otros, Dorotea —decía don Fermín—. Ay, no, felizmente, él no es como ninguno de nosotros.

Don Fermín compró libros para el niño. Libros de cuentos, historias que hacían soñar a Dino. Los libros llegaban en el auto de línea, y don Fermín abría el paquete ceremoniosamente, ante la impaciente curiosidad de Dino.

—A ver, don Fermín, corte usted la cuerda, no la desate...

—Espera, hijo, espera: no se debe tirar nada...

Don Fermín escribía a la ciudad cartitas pulcras, con su hermosa letra inglesa: «Les ruego se sirvan enviarme contra reembolso...». Don Fermín se limpiaba los cristales de las gafas con el pañuelo, y, mientras le cocinaba la cena, Dorotea se decía: «Dios sea bendito, que envió a esta casa a don Fermín. ¡Ojalá le viva a mi niño este maestro muchos años!».

Así llegó Navidad. Don Fermín mandó que comieran en su casa Dorotea y el niño. También entregó una cantidad mayor a la mujer, y le dijo:

—Ande usted, y lúzcase en la cocina: hoy es un día muy señalado.

Dino estaba contento. En su cara delgada habían aparecido dos círculos rosados. Y aquella tarde, cuando, sentados junto a la ventana, miraban la nieve, le dijo don Fermín:

—¿Nunca oíste de los Reyes Magos?

No: nunca lo había oído. Si acaso, alguna vez, hacía tiempo. Pero ya no se acordaba. Don Fermín estaba raramente ilusionado. Le habló a Dino de los Reyes, y Dino le interrumpió:

—¿Está usted seguro que se van a acordar de mí este año?

Don Fermín se quedó pensativo.

Al día siguiente, el maestro le dijo a Dorotea:

—Oiga usted, mujer, le voy a pedir una cosa: búsqueme por ahí colchas, trapos..., en fin, cosas lucidas, para hacer como un disfraz de rey.

—¡Ay, madre! ¡De rey!

—Se me ha ocurrido..., le vamos a dar al niño una sorpresa: verá usted, le vamos a decir que el rey

Melchor vendrá en persona a traerle los juguetes... ¡Es tan inocente! ¡Es tan distinto a todos! Si así pudiéramos darle la ilusión...

—¡Ay, don Fermín, qué cosas se le ocurren! Y, además, ¿qué juguetes ha de tener él, pobre de mí?

—¡Deje usted de hablar! —don Fermín se impacientó—. De sobra sabe usted que los juguetes los mandaré traer yo. Tengo gusto en eso, sí señora... ¡Para una alegría, para una ilusión que puede tener el muchacho!

Dorotea se quedó pensativa:

—Ay, no sé, no sé... Mire, don Fermín, que la vida es muy mala. Que la vida no es buena. ¿No será esto cargarle la cabeza, y luego...?

Don Fermín dijo:

—No sé, mujer. Eso no sé... Lo único que sé, como usted, es que la vida, de todos modos, es siempre fea. Por eso, si una vez, solo una vez, la disfrazamos... Ande usted, no cavile, y vamos a darle esa alegría al niño. El tiempo ya se encargará de amargársela...

Dorotea movió la cabeza, dudosa, pero obedeció.

El cuatro de enero, el disfraz, mal que bien, estuvo terminado. El ama del cura ayudó a ello, buscando vejestorios por la sacristía.

—Ay, pero que no se entere don Vicente, que menudos chillos me iba a dar...

—No, mujer: de mí no ha de salir... Es ese don Fermín, ¿sabes?, que me le ha tomado tal ley a mi pobrecito...

Y, sorbiéndose el moquillo, Dorotea cosió, hilvanó y apuntó las cosas como mejor supo. A don Fermín le pareció que todo había quedado muy bien: la túnica de viejas puntillas, la capa de damasco un tanto deslucido, con orillos dorados. Luego, él mismo, con cartulina y purpurina, hizo la corona. A la noche, pasó a ver a Dino:

—¿Sabes una cosa, Dino? El rey Melchor, en persona, va a traerte los juguetes.

Dino se quedó estupefacto. En todo lo que duró la conversación, sus ojos brillaban, como las hojas del otoño bajo la lluvia. Dorotea, que les oía desde la cocina, movía la cabeza, medio sonriente, medio triste.

El día cinco amaneció brillante. El sol arrancaba destellos de la nieve. Don Fermín fue a por Dino, y, en brazos, lo pasó a su casa. Luego le envolvió las piernas en una manta, y charlaron sentados frente a la ventana. Los árboles se recortaban, negros, en la blancura de allá afuera.

Sería media tarde cuando unos muchachos llamaron a la puerta de don Fermín. Venían a traerle un velay, de parte de su madre.

—Don Fermín, que de parte de mi madre que velay esta torta.

Eran los hijos de Maximino Cifuentes, el juez. Mientras don Fermín entraba en la alcoba, para buscar unas perrinas y algún caramelo, Dino dijo:

—Va a venir el rey Melchor a traerme juguetes, esta noche...

Paco, el hijo mayor de Maximino, se quedó con la boca abierta.

—¡Arrea!

—¡El rey, dice!

Dino sonrió.

—Sí, el rey mismo..., don Fermín lo ha dicho. Vendrá esta noche, ¿sabéis? Dice don Fermín que me esté sin dormir hasta las doce... pero de todos modos, como me dormiré, dice que ya vendrán a despertarme... Pero yo he de hacerme el dormido, para que el rey no se lo malicie y se vaya sin dejarme nada: así, con un ojo abierto, le veré cómo entra y cómo deja los regalos...

Al lado, en la alcoba, don Fermín se quedó suspenso. Escuchó:

—Anda, tú; lo que dice este... ¡Mentira!

—¡No es mentira!

—Mira tú, so tonto..., ¡no lo creas!

—Sí lo creo... ¡y si no, ven tú a verlo, si quieres!

—No —dijo Paco—. ¡Cuéntanoslo tú!

En la alcoba, don Fermín se sentó al borde de la cama. Sus ojillos parpadeaban, y escuchó:

—Ahora mismo, si quiero, lo puedo contar..., no necesito que pase para saberlo. Si quiero, ahora mismo lo cuento, porque lo sé muy bien...

—¡Pues cuéntalo!

Don Fermín imaginaba los ojos redondos de Dino, llenos de oro, como con gotas de agua titilando dentro.

—Pues vendrá el rey... y primero oiré música.

—¡Uy, música, dice!...

—Sí, música, ¿cómo va a venir el rey sin música? Se oirá una música muy bonita, y luego, toda la ventana se llenará de oro. Así, como lo oyes: se volverá de oro toda la madera del cuarto: el suelo, la cama, todo... Porque la luz que entrará por la ventana todo lo volverá de oro. Luego, por encima de la montaña, se pondrán en fila las estrellas. Después...

—Después, ¿qué?

—Pues vendrán los reyes. Vendrán en camellos, porque dice don Fermín que montan en camellos. Yo veré cómo se acercan los camellos: primero, de lejos, muy pequeños, y luego agrandándose poco a poco: y serán uno blanco, otro amarillo y otro negro... Y vendrán por el aire, ¿sabes? Traerán muchos criados y pajes: vestidos de miles de colores. Y traerán flores y ramos.

—¡Uy, flores en enero!

—Y qué, ¿no son magos, acaso? También traerán elefantes blancos. Vendrán con cien elefantes blancos cargados de regalos hasta las nubes. Entonces se adelantará el rey Melchor, que es el mío. Lleva un traje de plata o de oro y una corona de piedras preciosas y de estrellas: y la cola del manto le arrastra por el suelo, y tiene una barba blanca hasta la cintura. ¡Todo eso lo veré yo esta noche! Y apoyará una escalera de oro, muy larga, en mi ventana. Y subirá por ella...

Don Fermín oyó más y más cosas. Tantas, que perdió el hilo de aquellas palabras. Al fin, se levantó y llamó a Paco:

—Venid acá, muchachos...

Los chicos entraron, tímidos.

—Tomad estos caramelos... Marchad.

Los chicos salieron, y don Fermín se quedó solo. Abrió el armario y contempló el disfraz del rey. La tela vieja, desvaída, la corona de cartulina pintada. Llamó:

—Dorotea...

La mujer entró.

—Mire usted, ¿sabe? —dijo don Fermín, sin mirarla—. He pensado que tenía usted razón: mejor será no despertar al niño esta noche..., que crea que el rey vino cuando él dormía. Tenía usted razón, mujer: la vida es otra cosa. Mejor es no llenarle al chico la cabeza.

La rama seca

Apenas tenía seis años y aún no la llevaban al campo. Era por el tiempo de la siega, con un calor grande, abrasador, sobre los senderos. La dejaban en casa, cerrada con llave, y le decían:

—Que seas buena, que no alborotes: y si algo te pasara, asómate a la ventana y llama a doña Clementina.

Ella decía que sí con la cabeza. Pero nunca le ocurría nada, y se pasaba el día sentada al borde de la ventana, jugando con Pipa.

Doña Clementina la veía desde el huertecillo. Sus casas estaban pegadas la una a la otra, aunque la de doña Clementina era mucho más grande, y tenía, además, un huerto con un peral y dos ciruelos. Al otro lado del muro se abría la ventanuca tras la cual la niña se sentaba siempre. A veces, doña Clementina levantaba los ojos de su costura y la miraba.

—¿Qué haces, niña?

La niña tenía la carita delgada, pálida, entre las flacas trenzas de un negro mate.

—Juego con Pipa —decía.

Doña Clementina seguía cosiendo y no volvía a pensar en la niña. Luego, poco a poco, fue escuchando aquel raro parloteo que le llegaba de lo alto, a través de las ramas del peral. En su ventana, la pequeña de los Mediavilla se pasaba el día hablando, al parecer, con alguien.

—¿Con quién hablas, tú?

—Con Pipa.

Doña Clementina, día a día, se llenó de una curiosidad leve, tierna, por la niña y por Pipa. Doña Clementina estaba casada con don Leoncio, el médico. Don Leoncio era un hombre adusto y dado al vino, que se pasaba el día renegando de la aldea y de sus habitantes. No tenían hijos y doña Clementina estaba ya hecha a su soledad. En un principio, apenas pensaba en aquella criatura, también solitaria, que se sentaba al alféizar de la ventana. Por piedad la miraba de cuando en cuando y se aseguraba de que nada malo le ocurría. La mujer Mediavilla se lo pidió:

—Doña Clementina, ya que usted cose en el huerto por las tardes, ¿querrá echar de cuando en cuando una mirada a la ventana, por si le pasara algo a la niña? Sabe usted, es aún pequeña para llevarla a los pagos...

—Sí, mujer, nada me cuesta. Marcha sin cuidado...

Luego, poco a poco, la niña de los Mediavilla y su charloteo ininteligible, allá arriba, fueron metiéndosele pecho adentro.

—Cuando acaben con las tareas del campo y la niña vuelva a jugar en la calle, la echaré a faltar —se decía.

Un día, por fin, se enteró de quién era Pipa.

—La muñeca —explicó la niña.

—Enséñamela...

La niña levantó en su mano terrosa un objeto que doña Clementina no podía ver claramente.

—No la veo, hija. Échamela...

La niña vaciló.

—Pero luego, ¿me la devolverá?

—Claro está...

La niña le echó a Pipa y doña Clementina cuando la tuvo en sus manos, se quedó pensativa. Pipa era simplemente una ramita seca envuelta en un trozo de percal sujeto con un cordel. Le dio la vuelta entre los dedos y miró con cierta tristeza hacia la ventana. La niña la observaba con ojos impacientes y extendía las dos manos.

—¿Me la echa, doña Clementina?...

Doña Clementina se levantó de la silla y arrojó de nuevo a Pipa hacia la ventana. Pipa pasó sobre la cabeza de la niña y entró en la oscuridad de la casa. La cabeza de la niña desapareció y al cabo de un rato asomó de nuevo, embebida en su juego.

Desde aquel día doña Clementina empezó a escucharla. La niña hablaba infatigablemente con Pipa.

—Pipa, no tengas miedo, estate quieta. ¡Ay, Pipa, cómo me miras! Cogeré un palo grande y le romperé la cabeza al lobo. No tengas miedo, Pipa... Siéntate, estate quietecita, te voy a contar: el lobo está ahora escondido en la montaña...

La niña hablaba con Pipa del lobo, del hombre mendigo con su saco lleno de gatos muertos, del horno del pan, de la comida. Cuando llegaba la hora de comer la niña cogía el plato que su madre le había dejado tapado, al arrimo de las ascuas. Lo llevaba a la ventana y comía despacito, con su cuchara de hueso. Tenía a Pipa en las rodillas, y la hacía participar de su comida.

—Abre la boca, Pipa, que pareces tonta...

Doña Clementina la oía en silencio: la escuchaba, bebía cada una de sus palabras. Igual que escuchaba al viento sobre la hierba y entre las ramas, la algarabía de los pájaros y el rumor de la acequia.

Un día, la niña dejó de asomarse a la ventana. Doña Clementina le preguntó a la mujer Mediavilla:

—¿Y la pequeña?

—Ay, está *delicá*, sabe usted. Don Leoncio dice que le dieron las fiebres de Malta.

—No sabía nada...

Claro, ¿cómo iba a saber algo? Su marido nunca le contaba los sucesos de la aldea.

—Sí —continuó explicando la Mediavilla—. Se conoce que algún día debí dejarme la leche sin hervir..., ¿sabe usted? ¡Tiene una tanto que hacer! Ya ve usted, ahora, en tanto se reponga, he de privarme de los brazos de Pascualín.

Pascualín tenía doce años y quedaba durante el día al cuidado de la niña. En realidad, Pascualín salía a la calle o se iba a robar fruta al huerto vecino, al del cura o al del alcalde. A veces, doña Clementina oía la voz de la niña que llamaba. Un día se decidió a ir, aunque sabía que su marido la regañaría.

La casa era angosta, maloliente y oscura. Junto al establo nacía una escalera, en la que se acostaban las gallinas. Subió, pisando con cuidado los escalones apolillados que crujían bajo su peso. La niña la debió oír, porque gritó:

—¡Pascualín! ¡ Pascualín!

Entró en una estancia muy pequeña, adonde la claridad llegaba apenas por un ventanuco alargado. Afuera, al otro lado, debían moverse las ramas de algún árbol, porque la luz era de un verde fresco y encendido, extraño como un sueño en la oscuridad. El fajo de luz verde venía a dar contra la cabecera de la cama de hierro en que estaba la niña. Al verla, abrió más sus párpados entornados.

—Hola, pequeña —dijo doña Clementina—. ¿Qué tal estás?

La niña empezó a llorar de un modo suave y silencioso. Doña Clementina se agachó y contempló su carita amarillenta, entre las trenzas negras.

—Sabe usted —dijo la niña—, Pascualín es malo. Es un bruto. Dígale usted que me devuelva a Pipa, que me aburro sin Pipa...

Seguía llorando. Doña Clementina no estaba acostumbrada a hablar a los niños, y algo extraño agarrotaba su garganta y su corazón.

Salió de allí, en silencio, y buscó a Pascualín. Estaba sentado en la calle, con la espalda apoyada en el muro de la casa. Iba descalzo y sus piernas morenas, desnudas, brillaban al sol como dos piezas de cobre.

—Pascualín —dijo doña Clementina.

El muchacho levantó hacia ella sus ojos desconfiados. Tenía las pupilas grises y muy juntas y el cabello le crecía abundante como a una muchacha, por encima de las orejas.

—Pascualín, ¿qué hiciste de la muñeca de tu hermana? Devuélvesela.

Pascualín lanzó una blasfemia y se levantó.

—¡Anda! ¡La muñeca, dice! ¡*Aviaos* estamos!

Dio media vuelta y se fue hacia la casa, murmurando. Al día siguiente, doña Clementina volvió a visitar a la niña. En cuanto la vio, como si se tratara de una cómplice, la pequeña le habló de Pipa:

—Que me traiga a Pipa, dígaselo usted, que la traiga...

El llanto levantaba el pecho de la niña, le llenaba la cara de lágrimas, que caían despacio hasta la manta.

—Yo te voy a traer una muñeca, no llores.

Doña Clementina dijo a su marido, por la noche:

—Tendría que bajar a Fuenmayor, a unas compras.

—Baja —respondió el médico, con la cabeza hundida en el periódico.

A las seis de la mañana doña Clementina tomó el auto de línea, y a las once bajó en Fuenmayor. En Fuenmayor había tiendas, mercado, y un gran bazar llamado El Ideal. Doña Clementina llevaba sus pequeños ahorros envueltos en un pañuelo de seda. En El Ideal compró una muñeca de cabello crespo y ojos redondos y fijos, que le pareció muy hermosa. «La pequeña va a alegrarse de veras», pensó. Le costó más cara de lo que imaginaba, pero pagó de buena gana.

Anochecía ya cuando llegó a la aldea. Subió la escalera y, algo avergonzada de sí misma, notó que su corazón latía fuerte. La mujer Mediavilla estaba ya en casa, preparando la cena. En cuanto la vio alzó las dos manos.

—¡Ay, *usté*, doña Clementina! ¡Válgame Dios, ya disimulará en qué trazas la recibo! ¡Quién iba a pensar!...

Cortó sus exclamaciones.

—Venía a ver a la pequeña: le traigo un juguete...

Muda de asombro la Mediavilla la hizo pasar.

—Ay, cuitada, y mira quién viene a verte...

La niña levantó la cabeza de la almohada. La llama de un candil de aceite, clavado en la pared, temblaba, amarilla.

—Mira lo que te traigo: te traigo otra Pipa, mucho más bonita.

Abrió la caja y la muñeca apareció, rubia y extraña.

Los ojos negros de la niña estaban llenos de una luz nueva, que casi embellecía su carita fea. Una sonrisa se le iniciaba, que se enfrió enseguida a la vista de la muñeca. Dejó caer de nuevo la cabeza en la almohada y empezó a llorar despacio y silenciosamente, como acostumbraba.

—No es Pipa —dijo—. No es Pipa.

La madre empezó a chillar:

—¡Habrase visto la tonta! ¡Habrase visto, la desagradecida! ¡Ay, por Dios, doña Clementina, no se lo tenga usted en cuenta, que esta moza nos ha salido retrasada!...

Doña Clementina parpadeó. (Todos en el pueblo sabían que era una mujer tímida y solitaria, y le tenían cierta compasión.)

—No importa, mujer —dijo, con una pálida sonrisa—. No importa.

Salió. La mujer Mediavilla cogió la muñeca entre sus manos rudas, como si se tratara de una flor.

—¡Ay, madre, y qué cosa más preciosa! ¡Habrase visto la tonta esta!...

Al día siguiente doña Clementina recogió del huerto una ramita seca y la envolvió en un retal. Subió a ver a la niña:

—Te traigo a tu Pipa.

La niña levantó la cabeza con la viveza del día anterior. De nuevo, la tristeza subió a sus ojos oscuros.

—No es Pipa.

Día a día, doña Clementina confeccionó Pipa tras Pipa, sin ningún resultado. Una gran tristeza la llenaba, y el caso llegó a oídos de don Leoncio.

—Oye, mujer: que no sepa yo de más majaderías de esas... ¡Ya no estamos, a estas alturas, para andar siendo el hazmerreír del pueblo! Que no vuelvas a ver a esa muchacha: se va a morir, de todos modos...

—¿Se va a morir?

—Pues claro, ¡qué remedio! No tienen posibilidades los Mediavilla para pensar en otra cosa... ¡Va a ser mejor para todos!

En efecto, apenas iniciado el otoño, la niña se murió. Doña Clementina sintió un pesar grande, allí dentro, donde un día le naciera tan tierna curiosidad por Pipa y su pequeña madre.

Fue a la primavera siguiente, ya en pleno deshielo, cuando una mañana, rebuscando en la tierra, bajo los ciruelos, apareció la ramita seca, envuelta en su pedazo de percal. Estaba quemada por la nieve, quebradiza, y el color rojo de la tela se había vuelto de un rosa desvaído. Doña Clementina tomó a Pipa entre sus dedos, la levantó con respeto y la miró, bajo los rayos pálidos del sol.

—Verdaderamente —se dijo—. ¡Cuánta razón tenía la pequeña! ¡Qué cara tan hermosa y triste tiene esta muñeca!

Los pájaros

Vivía muy apartado de la aldea, en el principio del camino de la Cruz de Vado, más allá de las últimas casas. Su padre era el guardabosques de los Amarantos y llevaban los dos una vida solitaria y huraña. En el pueblo no querían al guardabosques, por su profesión. Al muchacho casi no le conocían.

Un día, buscando moras, llegué hasta su choza, por casualidad. Al divisarla, me dio un golpe el corazón, porque me vinieron a la memoria las feas historias que había oído en la aldea acerca de ellos.

—Ese hombre lleva algo malo dentro —decían.

—Sí: alguna muerte le pesa...

—¡Por algo le abandonó su mujer!

Pocos días antes había cumplido yo nueve años, y, aunque no entendía aún muchas de las cosas que se decían del guardabosques, me entró el miedo, aleteando como un murciélago en la sombra de los árboles. Me sentía cansada, sudorosa, y me detuve junto a los robles que rodeaban la choza. Entonces, me di cuenta de que había penetrado en terreno de los Amarantos, y pensé, con un estremecimiento: «Tal vez, si me ven, me maten. Sí; quizá me peguen un tiro, al verme aquí. Creerán que vine a robar leña, como Pascualín...».

Me acordé de que Pascualín, el hijo pequeño de Teodosia Alejandría, fue a robar leña a los bosques de los Amarantos y el guardabosques le dio una gran paliza, que casi lo mata. Eso dijo Pascualín sangrando por la nariz, cuando volvió. (Claro que a Pascualín todos le tenían por embustero y atravesado, y su misma madre decía de él que no se le podía creer en nada...) De todos modos, sentí que mis piernas flaqueaban cuando oí crujir las ramitas del suelo bajo unas pisadas.

Temblando, levanté los ojos, y un gran terror me paralizó. Allí estaba el guardabosques, con su rifle al hombro. Llevaba zahones de cuero, como los pastores del abuelo. Quise gritar, pero noté que la voz no me salía de la garganta. El guardabosques me miraba, con sus ojos azules y muy juntos, y se acercaba a mí. Me decía algo, pero yo no le oía. Súbitamente, eché a correr: mis pies se enredaron en algo, y caí rodando por el terraplén. Ni siquiera entonces pude gritar.

Creo que debí perder el conocimiento porque apenas recuerdo lo que ocurrió después. Vagamente sé que me sacaron de allí y me llevaron en brazos a la temida cabaña. Después, sin saber a ciencia cierta cómo ni de qué forma, me encontré sentada en un silloncito de mimbre, junto a la lumbre. El guardabosques me curaba la rodilla y la cara de un modo extraño: aplicándome con un trozo de lienzo un ungüento que olía fuertemente a vinagre.

Le miré un rato, aún, con la garganta seca. Sentía el dolor de la caída, pero en las montañas eran frecuentes los golpes: caídas desde los muros de piedra, resbalones en las losas del río, y, una vez, un terrible batacazo desde una rama del ciruelo. Nunca antes había perdido el conocimiento, y estaba segura de que entonces ocurrió solamente por el gran miedo que aquella gente me inspiraba.

Viéndole la cara de cerca, mientras me restañaba con mucho cuidado la mejilla, pensé que era un hombre como cualquier otro de la aldea. Tenía la piel oscura, rugosa, y el cabello entrecano. Olía a leños ahumados.

La cabaña era pequeña y parecía anegada por el olor del bosque. Por la ventana y la puerta entraban, como un viento, el color azulado de la hierba y los rojizos resplandores de allá afuera, donde el principio del otoño llenaba el aire.

—Bueno —dijo el guardabosques—. Esto ya está... ¡A ver si te vuelves más *civilizá*!

Se levantó del suelo, donde estaba arrodillado, y mientras guardaba el raro ungüento en el armario, dijo:

—¿A qué diste esa *espantá*?

Noté que mi miedo por él había cesado. Otro miedo era el que se me venía encima:

—Óigame —le dije—. Será muy tarde, ¿verdad?

—Las cinco —me contestó.

Me puse en pie de un salto, pero di un grito de dolor. Él se aproximó de nuevo.

—¿Qué te pasa, muchacha?

Me dolía mucho la rodilla. Me dolía espantosamente.

Cogió mi pierna entre sus manos grandes y trató de doblarla, pero yo me oponía con todas mis fuerzas.

—¡Que me duele, que me duele!

Se rascó la cabeza y quedó pensativo.

—Bueno —me dijo—. ¡Qué le vamos a hacer! ¡No te pongas así!

—Sí, me pongo —dije, procurando no echarme a llorar a gritos—. Me pongo así porque salí esta mañana de casa... y, cuando vean que aún no he vuelto... y cuando vuelva...

Me miró fijamente. Pensé que tenía unos ojos quietos y tranquilizadores. Pudiera ser que me salvase del castigo, si le hablaba al abuelo...

—¡Si usted le explica a mi abuelo que fue un accidente y que a poco me muero!... A lo mejor le da pena y no pasa nada...

El guardabosques volvió a rascarse la cabeza.

—Oye —dijo—. ¿Eres tú nieta de don Salvador?

—Sí —contesté. (Y me callé un: «Por desgracia». El genio de mi abuelo era conocido en todas las Artámilas.)

—Bueno, ya veremos —dijo—. Ahora, estate quieta ahí. Dime, ¿tienes hambre?

Entonces me di cuenta de que sí: tenía un hambre espantosa. Y también de que hasta aquel momento no había pensado en algo muy importante: en que si no me hubiera encontrado al guardabosques me hubiera visto en un apuro. La verdad era que buscando moras me había perdido y no sabía volver a casa.

—Sí —dije—. Tengo hambre. Y, además, me he perdido.

No pude aguantar más y se me escaparon las lágrimas. Las vi brillar claramente y caer sobre mi vestido. El guardabosques me puso la mano en la cabeza, y así, bajo aquella palma áspera, conseguí calmarme.

—Mira —dijo el guardabosques—. Voy a llamar a Luciano. Mientras tú estás con él, avisaré a tu casa..., ¡yo no puedo llevarte a cuestas!

Dije que sí, con la cabeza. Por oídas, sabía que Luciano era su hijo.

Nunca le había visto, y cuando entró en la cabaña quedé sorprendida: nunca vi una cara como la suya. Era de mi edad, o poco más, y cojeaba mucho del pie derecho. Tenía una pierna más corta que la otra, y esto era lo único feo e inarmónico de su persona. Llevaba el cabello muy largo y lacio, casi como una niña, de un color rubio dorado como no existía en la aldea.

—Hola —me dijo.

Vestía un traje muy viejo y muy roto e iba descalzo. Sus pies estaban endurecidos y callosos de andar sobre la tierra. Sus ojos redondos tenían un mirar fijo, brillante.

—Mira, Luciano —dijo el guardabosques—. Entretén a la chica, enséñale los pájaros... He de ir a avisar a su casa... Se ha lastimado una pierna.

Luciano me miraba no sabía yo si con antipatía. Sus ojos, tan quietos, casi me daban miedo.

—Bueno —contestó—. Sácala afuera.

El guardabosques me cogió en brazos y me sacó. Luciano nos precedía, cojeando. En cuanto salimos a la hierba, el sol empezó a brillar sobre la cabeza de Luciano y sobre la tierra roja del sendero, bordeado ya por la flor chillona del arzadú.

—¡Ah, mira, ha brotado el arzadú! —dije yo, que, de pronto y sin saber por qué, estaba muy contenta—. Pronto vendrán los fríos.

—Así es —dijo el guardabosques—. Pronto vendrán los fríos, porque brotó el arzadú. ¿Quién te enseñó tan bien?

—Las criadas —dije.

Luciano volvió la cabeza para mirarme. Desde los brazos de su padre vi sus ojos rebosando de sol, y le tendí la mano.

—¡Bájame aquí!

Me bajó con cuidado, hasta el suelo. Un vientecillo fino ululaba suavemente por entre las hayas.

—Estaros aquí, pájaros —dijo el guardabosques—. Aquí, hasta que yo vuelva por la muchacha.

Desanduvo el camino hacia la choza, y yo le miré hasta que entró. Frente a mí, Luciano rebuscaba algo entre la hierba.

—¿Por qué dice *pájaros*, Luciano?

—Somos pájaros —contestó el muchacho, sin mirarme. El cabello le caía sobre el rostro inclinado, y yo no podía vérselo.

Luego se levantó y fue hacia uno de los árboles. Creo que era un roble, pero no estoy muy segura. Apoyada en él, había una larga escalera de madera, y, más alta, pendiente de las ramas, otra de cuerdas, que se bamboleaba ligeramente a impulsos de la brisa. Algo extraño había allí, que me detuvo toda palabra y todo pensamiento. Sí: era algo raro, quizá mágico, que atraía. Entre las ramas se filtraba un resplandor rojizo, otoñal, que cautivaba. Y otra cosa, también: cuando Luciano llegó al pie del árbol y sujetó la escalera, una algarabía surgió de todas las ramas. Algo como una llamada numerosa, sonora, que atravesó el aire hasta los huesos.

—¡Luciano! —grité, sin saber por qué—. ¡Luciano, qué pasa!

Luciano volvió la cabeza. Sus ojos, serios, me contemplaron quizá con desprecio.

—Los pájaros —dijo.

Vi cómo trepaba por la escalerilla, con una asombrosa agilidad a pesar de su defecto. Al llegar a su final, con un salto extraño, realmente de pájaro, se colgó de una rama. Ya una vez entre las ramas, Luciano se movía con una extraña viveza. Más parecía que tuviera alas. Iba de una rama a la otra, silbando una rara melodía, que, por otra parte, no era música alguna: algo como una charla, aguda, entrecortada, hermosa, que se entremezclaba con las llamadas de los pájaros. Vi cómo ellos bajaban hasta él, a sus hombros y sus brazos, a su cabeza. Eran los pájaros simples y oscuros, los pájaros pequeños de los aleros y de los caminos, y, sin embargo, ¡qué bellos parecían allí, enrojecidos por la luz de septiembre, gritando algo que yo no sabía comprender! Luciano, con la cabeza levantada hacia lo alto, silbaba. Se colgó de la escalera de cuerdas y empezó a balancearse en el aire, lentamente. Tenía los brazos

y los hombros cubiertos de las avecillas grises y ama-
rillentas, de aquellas alas que brillaban y batían con
un sonido metálico.

—Toma, para que comas algo —dijo el guardabosques, a mi lado.

Su voz casi me sobresaltó. Sobre la hierba dejó
un trozo de pan moreno y un puñado de nueces.

Luego, se marchó. Luciano seguía balanceándo-
se, colgado de las cuerdas. Su cabello largo y suave,
lacio, como una lluvia dorada, se mecía a compás.

—¡Luciano! —llamé. Y una angustia dulce y extraña me llenaba—. ¡Luciano!

Pero él no oía, o no quería oír. La algarabía de
los pájaros se hacía casi ensordecedora y me pareció
que a nuestro alrededor todo brillaba de un modo
exasperado y grande: la hierba, el cielo, la tierra y la
flor venenosa del arzadú, que no se debe nunca mor-
der. Pero, sobre todas las cosas, brillaba el árbol
de Luciano con sus mil pájaros de oro. Solo cuando
Luciano dejó de columpiarse, los gritos de los pájaros cesaron, y la luz pareció declinar.

—¿Son tuyos? —pregunté, mirándole sobreco-
gida.

—Sí —contestó él—. Míos... ¡Vamos, digo yo!

—¿Cuándo les enseñaste?...

—No sé —me contestó, deslizándose por las
cuerdas.

Desde las ramas, pasó al tronco, y de allí, por la
escalera de madera, descendió al suelo.

—Ven —le dije—. ¡Cuéntamelo!

Se acercó despacio. Solo al verle andar sobre la
hierba recordé, con un raro sobresalto, que tenía

una pierna más larga que la otra. Por lo demás, era la criatura más hermosa que vi nunca.

—No tengo nada que contar —me dijo—. Nada. Ya ves..., son los pájaros.

—¿Por qué dijiste antes que somos pájaros?

Luciano se sentó a mi lado. Con las manos acariciaba la hierba de un modo brusco y extraño, casi rudo.

—Porque lo somos —dijo, sin mirarme. Y vi que su cara se encendía—. Lo somos... También lo era mi madre. Por eso. Todos somos pájaros. Unos malos pájaros, ¿sabes? No podemos ser otra cosa... Los pájaros vuelven, también, con los fríos. Pero no son nunca los mismos.

Yo no le entendía, pero me gustaba, me fascinaba, oírle.

—¿Y yo? —dije.

Me miró despacio. Aparté mis ojos de los suyos, redondos y quietos, llenos de luz.

—También —contestó—. Todos.

Se levantó y fue hacia la cabaña. Al cabo de un rato volvió con un libro grande y mugriento bajo el brazo. Estaba lleno de láminas que representaban toda clase de pájaros en colores. Fue pasándolas despacio, ante mí.

—Este es el pájaro del frío..., este el de los trigales..., este el pájaro viajero, este el de la tempestad...

Hablándome de los pájaros pasó el tiempo. Escuché la extraña historia del pájaro asesino y la del pájaro de los cementerios. La del pájaro de la noche y la del pájaro del mediodía. Luciano las sabía todas, o todas se las inventaba. Porque aquello no lo veía yo escrito en ninguna parte.

—¿Sabes leer? —le pregunté.

—¡Ni falta! —respondió.

Cuando Luciano cerraba el libro, vi llegar por el sendero, entre los árboles, a Lorenzo, el aparcero mayor del abuelo, haciéndome aspavientos. Del ramal traía a Mateo, el caballo viejo. El guardabosques venía detrás, con su fusil al hombro, mirando al suelo.

Lorenzo me cargó sobre el caballo, y, sin dejar de regañarme ni un solo momento, como quien lleva un fardo, me devolvió a casa. Por el camino sentí ardor en la frente, sed y una gran tristeza. Miraba al cielo, que iba palideciendo, y olía la tierra con una gran laxitud. Llegué a casa con fiebre, y eso me libró del castigo.

Estuve enferma algún tiempo. Cuando me levanté ya se iniciaba el gran frío. El otoño estaba muy avanzado.

El primer día que salí a la tierra me acompañaba Marta, la cocinera, a quien yo tanto quería. Me llevaba de la mano, sobre los sembrados, e iba contándome cosas de las simientes, de los riegos y de las cosechas. Mi mano se refugiaba en la suya, grande y nudosa, y el sol de la mañana, ya pálido, nos bañaba la frente.

Salimos a la huerta, y Marta dijo, señalando lejos con el dedo:

—¡Habrase visto! ¡Habrase visto! ¡Truhanes, golfos, mal nacidos!

A pesar del espantapájaros, una nube de gorriones se comían las simientes de los surcos. Marta, con piedras, los espantaba. Corrí tras ella, y quedé de pronto quieta y muda, mirando al monigote que armó Lorenzo para espantar a los pájaros.

—¿De dónde sacasteis esto, Marta? —dije. Y un miedo me venía, grande como una noche. Marta me miró de reojo, y como tenía por costumbre, me contestó con una pregunta:

—¿Por qué te importa eso?

Sentí que mis labios temblaban.

—Porque esas ropas son de Luciano, el del guardabosques.

Marta se quedó abatida, mirando al suelo. La piedra se le cayó de la mano y la vi rebotar. Entonces, como un grito, todos los pájaros volvieron y se posaron en los brazos en cruz del fantoche y sobre la estopa de su cabeza, que brillaba al sol, como maíz.

—Bien —dijo—. Ya que te diste cuenta..., ¡qué no verá un niño, Dios! Así es: la ropa de Lucianín. Se la vendió el guardabosques a Lorenzo, porque le daba pena el verla.

—¿Y por qué? —dije, aunque mi corazón ya lo sabía.

—¡Ay, golondrina! —dijo Marta—. Así es el vivir: Lucianín se cayó de lo alto del árbol y se abrió la cabeza en el suelo. Sí, en este mismo suelo triste, que Dios nos dio.

El maestro

I

Desde su pequeña ventana veía el tejado del palacio, verdeante de líquenes; uno de los dos escudos de piedra, y el balcón que a veces abría la mujer de Gracián, el guarda, para ventilar las habitaciones. Por aquel balcón abierto solía divisar un gran cuadro oscuro, que, poco a poco, a fuerza de mirarlo, fue desvelando como una aparición. El cuadro le fascinó años atrás; casi podría decirse que le deslumbró desde su resplandeciente sombra. Luego, al cabo de los años, desaparecieron fascinación y deslumbramiento: solo quedó la costumbre. Algo fijo e ineludible, algo que se tenía que mirar y remirar, cada vez que la guardesa abría los batientes del balcón. En aquel cuadro había un hombre, con la mano levantada. Su tez pálida, sus ojos negros y sus largos cabellos fueron descubiertos poco a poco por su mirada ávida, tiempo atrás. Ahora ya se lo sabía de memoria. La mano levantada del hombre del cuadro no amenazaba, ni apaciguaba. Más bien, diríase que clamaba por algo. Que clamaba, de un modo pasivo, insistente. Un clamor largo, de antes y de después, un oscuro clamor que le estremecía. A veces, soñó con él. Nunca había entrado en el palacio, porque Gracián era un ser malencarado y de difícil acceso. Prefería no pedirle ningún favor. Pero le hubiera gustado ver el cuadro de cerca.

A veces, bajaba al río, y miraba el correr del agua. Y esta sensación, sin saber por qué, tenía algún punto de contacto con la que le proporcionaba la vista de aquel cuadro, dentro de aquella habitación. Era al empezar el frío, al filo del otoño, cuando solía bajar al fondo del barranco, más bien alejado del pueblo, para mirar el correr del río, entre los juncos y la retama amarilla.

Vivía al final de la llamada calle de los Pobres. Sus bienes consistían en un baúl negro, esforzado de hierro, con algunos libros y un poco de ropa. Tenía una corbata anudada a los barrotes de hierro negro de la cama. En un principio —hacía mucho tiempo— se la ponía los domingos, para ir a misa. Aquello parecía ocurrido en un tiempo remoto. Ahora, la corbata seguía allí, como un pingajo, atada a los pies de la cama. Como el perro a los pies del hermano de Beau Geste: aquel que quería repetir la muerte de los guerreros vikingos... (Ah, cuando él leía *Beau Geste*, qué mundo podrido. «Madrina, ¿puedo leer este libro?» Entraba de puntillas en la biblioteca de la Gran Madrina. La Gran Madrina era huesuda; su dinero, magnánimo. Él era el protegido, favorecido, agradecidísimo hijo de la lavandera.) «El paje», pensaba ahora, calzándose las botas, con los ojos medio cerrados, hinchados aún los párpados por la resaca, mirando el significativo pingajo a los pies de la cama. Todo, ya, caducado, ahorcado definitivamente, como la mugrienta corbata.

Cuando llegó al pueblo era joven, y muy bueno. Por lo menos, así lo oía decir a las viejas:

—El maestro nuevo, qué cosa más buena. Tan peinado siempre, y con sus zapatitos todo el santo día. ¡Qué lujos, madre! Pero, claro, lo hace con buena intención.

Ahora no. Ahora tenía mala leyenda. Sabía que habían pedido otro maestro, a ver si lo cambiaban. Pero tenían que jorobarse con él, porque a aquel cochino rincón del mundo no iba nadie, como no fuera de castigo, o de incauto lleno de fe y «buena intención». Ni siquiera el duque iba; allí se pudría y desmoronaba el palacio, con su gran cuadro dentro, con la mano levantada, clamando. Él llegó allí, hacía veintitantos años, lleno de credulidad. Creía que había venido al mundo para la abnegación y la eficacia, por ejemplo. Para redimir alguna cosa, acaso. Para defender alguna causa perdida, quizá. En lugar de la corbata anudada a los barrotes, tenía su diploma en la pared, sobre el baúl.

Ahora tenía mala leyenda. Pero a veces subía la colina, corriendo como un loco, para oír el viento. Se acordaba entonces de cuando era chico y escuchaba con un escalofrío el lejano silbido de los trenes.

Aquella mañana llovía, y entraba por el ventanu-

co un pedazo de cielo gris. «Si entrara el viento...»
El viento bajaba al río para huir también. Y él seguía
en tanto hollando la tierra, de acá para allá, con sus
botas de suelas agujereadas. A veces marcaba rayas
en la pared. ¿Qué eran? ¿Horas? ¿Días? ¿Copas?
¿Malos pensamientos? «No se sabe cómo se cambia.
Nadie sabe cómo cambia, ni cómo crece, ni cómo
envejece, ni cómo se transforma en otro ser distante.
Tan lento es el cambio, como el gotear del agua en la
roca que acaba agujereándola.» El tiempo, el maldito, cochino tiempo, le había vuelto así.

—¿Cómo así? ¿Qué hay de malo? —risoteó.

Se levantaba tarde, y no se tomaba molestia por
nada ni nadie. No se tomaba ningún trabajo, tampoco, con la escuela ni los chicos. Zurrarles, eso sí.
Había un placer en ello, sustituto acaso de otros inal-
canzables placeres.

Ya no leía el periódico. La política, los aconteci-
mientos, el tiempo en que vivía, en suma, le tenían
sin cuidado. Antes no. Antes fue un exaltado defen-
sor de los hombres.

—¿Qué hombres?

Acaso de hombres como él mismo ahora. Pero
no, él no se reconocía ninguna dignidad. Aunque la
dignidad era una palabra tan hueca como todas las
demás. Cuando bebía anís —el vino no le gustaba,
no podía con el vino—, el mundo cambiaba alrededor. Alrededor, por lo menos, ya que no dentro de
uno mismo. Nubes blancas por las que se avanzaba
algodonosamente, pisando fantasmas de chicuelos
muertos: niños que solo tenían de niños la estatura.

«Llegué aquí creyendo encontrar niños: solo había larvas de hombres, malignas larvas, cansadas y desengañadas antes del uso de razón.» Iba camino de la taberna, y habló en voz alta:

—¿Uso de razón? ¿Qué razón? Ja, ja, ja.

Aquel «ja, ja» suyo era proferido despaciosamente, sin inflexión alguna de alegría, sin timbre alguno. Por cosas como aquella, las viejas que lo veían pasar meneaban la cabeza, mirando de través, y decían:

—¡Loco, chota! —Ovilladas en sus negruras malolientes. Eran las mismas viejas que lo llamaban bueno. No, eran otras, iguales a aquellas que ahora estarían ya pudriéndose, con la tierra entre los dientes.

Ni el mal olor, que tanto le ofendiera en un tiempo, notaba ahora.

—¿Me ofendía? ¿Ofensas? ¿Qué cosa son las ofensas?...

Torció la esquina de la calle. Un tropel de muchachos descalzos le inundó, como un golpe de agua. Eran muy pequeños, de cinco o seis años, y casi le hicieron caer. Muy a menudo le esperaban al filo de las esquinas, para empujarle. Luego corrían, riéndose y llamándole nombres que él no entendía. Seguía lloviznando y el lodo de la calle manchaba sus piernecillas secas como estacas, resbalaba por sus manos delgadas, que se llevaban a la boca para ocultar la risa.

Tambaleándose los insultó, y continuó su camino; a desayunarse con la primera copa del día.

Desde la puerta abierta de la taberna se veían los toros, sueltos en el prado. El agua hacía brillar sus lomos negros, como caparazones de enormes escarabajos. Cuartos crecientes blancos embestían, al parecer, el cielo plomizo. La tierra enrojecía bajo la lluvia, más allá de la hierba. Pronto llegaría el mes del gran calor, que abrasaría todas las briznas, todo el frescor verde. Los toros levantarían el polvo bajo las patas, embestirían al sol. Así era siempre. El pastor estaba tendido sobre el muro de piedras, como una rana. No comprendía cómo podía permanecer allí, tendido, sin perder el equilibrio, inmóvil. Parecía una piedra más.

La taberna olía muy frescamente a vino. Le asqueaba aquel olor. El tabernero le sirvió el anís y una rosquilla de las llamadas «paciencias», sin decir nada. Conocía sus costumbres. Fue mojando su «paciencia», poco a poco, en el anís, y mordisqueándola como un ratón.

—Don Valeriano —dijo de pronto el tabernero—, ¿qué me dice *usté* de *to* esto?

Le tendía el periódico. Pero él le dio un manotazo, como quien espanta un tropel de moscas. Como moscas eran, para él, antes tan aficionado a ellas, las letras impresas.

Encima de la puerta, sobre la cal, descubrió un murciélago. Parecía pegado, con sus alas abiertas.

—¡Chico! —llamó al niño que fregaba los vasos en el balde. Un niño con el ojo derecho totalmente blanco, como una pequeña y fascinante luna. Sus manos duras, de chatos dedos, llenos de verrugas, estaban empapadas de crueldad. Levantó la cabeza, sonriendo, y se secó el sudor de su frente con el antebrazo. El agua jabonosa le resbalaba hacia el codo.

—Chico, ahí tienes al diablo.

El chico trepó sobre la mesa. A poco, bajó con el murciélago entre las puntas de los dedos, pendiente como un pañuelo, de un extremo al otro de las alas.

Antes de darle martirio, como a un condenado, le hicieron fumar un poco. Una chupada el chico, otra él, otra el murciélago.

Así pasó un buen rato de la mañana, hasta que se fue a comer la bazofia que le preparaba Mariana, su patrona. Estaban en vacaciones.

II

El gran mes estaba ya mediado. El verano, el polvo, las moscas, la sed, galopaban rápidamente hacia ellos.

Llegaron del pueblo vecino; y los del pueblo fueron al pueblo siguiente. Así se repartieron en cadena.

Él estaba tendido en la cama, y, a lo primero, no se enteró de nada. Eran las tres de la tarde, en duermevela. Oía el zumbido de los mosquitos sobre el agua de la cisterna. Los sabía brillando bajo el sol, como un enjambre de polvo plateado. Oyó entonces los primeros gritos, luego el espeso silencio. Permaneció quieto, sintiendo el calor en todos los poros de la piel. Sus largas piernas, velludas y blancas, le producían asco. Tenía el cuerpo marchito y húmedo de los que huyen del sol. Le horrorizaba el sol, que a aquella hora reinaba implacable sobre las piedras. Oía el mugir de los toros, sus cascos que huían en tropel, calle arriba. Algo ocurría. Se metió rápidamente los pantalones y salió, descalzo, a la habitación de al lado. Mariana acababa de fregar el suelo, y sus plantas iban dejando huellas como de papel secante en los rojos ladrillos. Sobre la ventana permanecía echada la vieja persiana verde que él mismo compró y obligó a colocar, para protegerse de la odiada luz. Por las rendijas entraba una ceguera viva, reverberante. Una ceguera de cal y fuego unidos, un resplandor mortal. Se tapó la cara con las manos, se palpó las mejillas blandas y cubiertas de púas, las cuencas de los ojos, los párpados. Aun así le llegaba la luz, como una vahído; la sentía en las mismas yemas de los dedos filtrarse a través de todos los resquicios. El sudor le empapó la frente, los brazos y el cuello. Sentía el sudor pegándole la ropa al vientre, a los muslos. El mugido de los toros se alejaba ya, y por la calle de los Pobres trepaban unas pisadas, se acercaban; y allí, bajo la ventana, resonó el grito, estridente como el sol:

—¡Ay de mí, ay de mí, ay de mí!...

Bruscamente levantó la persiana. Era como un sueño: o mejor aún, como el despertar de un largo y raro sueño. Todo el sol se adueñó de sus ojos. Adiviñó, más que vio, a la mujer del alcalde, corriendo calle abajo. Entonces le vino, como un golpe, el recuerdo del periódico del tabernero. Se sintió vacío, todo él convertido en una gran expectación.

—Mariana —llamó, quedamente. Entonces la vio. Estaba allí, en un rincón, temblorosa, con la cara raramente blanca.

—Ha estallado... —dijo Mariana.

—¿Qué? ¿Qué ha estallado?

—La revolución...

—¿Y esa mujer que va gritando? ¿Qué le pasa?

—Le andan buscando al marido... Van con hoces, a por él...

—Ah, conque ¿se ha escondido ese cabrón?

¿Por qué insultaba al alcalde? Estaba de repente lleno de ira. Porque los mugidos de los toros mansurrones, flacos, negros y brillantes que embestían el cielo bajo de la tarde estaban ahora en él; y de pronto estaba despierto, despierto como sobre un gran lecho revuelto, su sucio catre alquilado; sobre toda la sucia tierra que pisaba. Y ni siquiera sabía cómo había cambiado, cómo estaba convertido en un pingajo, igual que la corbata, mal anudada y raída, a los pies del lecho. Había cambiado poco a poco, desde el día en que vino, bien peinado y con zapatitos de la mañana a la noche, yendo de un lado a otro de la aldea, explicando que la Tierra parecía seguir eterna y equivocadamente al Sol, intentando explicar que la Tierra era redonda y algo achatada por los polos, que éramos solo una partícula de polvo girando y girando sin sentido en torno a otras bolas de polvo y polvo, como los mosquitos de plata sobre la cisterna. Intentando decir que, igual como nosotros mirábamos sobre el agua en su rara persecución de uno a otro, nos mirarían a nosotros infinidad de bolas de polvo; intentando decir que todo era una orgía de polvo y fuego. Ah, y las Matemáticas, y el Tiempo. Y los hombres, los niños, los perros, estaban dentro de su piedad, y ahora, ni piedad para él sentía, ni cabía en tanto polvo. Ya no oía el mugido de los toros. No en un día, ni en el día a día, cambia el corazón. Es partícula a partícula de polvo como van sepultándose la ambición, el deseo, el desinterés, el interés, el egoísmo; el amor, al fin. ¿Alguna vez fue un niño que iba de puntillas a la Gran Madrina, para pedirle *Beau Geste*? ¿Qué son los bellos gestos? (Como era inteligente y estudioso, la Gran Madrina le pagó los estudios. Le pagó los estudios y le regateó los zapatos, la comida, los trajes: le negó las diversiones, las horas de ocio, el sueño, el amor. Luego...) Pero no hay luego. La vida es un dilatadísimo segundo donde cabe el gran hastío, donde el tiempo no es sino una acumulación de vacíos y silencios; y las espaldas de los muchachos son como débiles alones de un pájaro caído; y no cabe el peso de la tierra, del hambre, de la soledad: no cabe la larga sed de la tierra en la espalda de un niño.

Ahora, sin saber cómo, llegó la ira.

III

Vinieron en una camioneta requisada al almacenista de granos. Algunos traían armas: un fusil, una escopeta de caza, una vieja pistola. Los más, horcas, guadañas, hoces, cuchillos, hachas. Todas las pacíficas herramientas vueltas de pronto cara al hambre y a la humillación. Contra la sed y la mansedumbre de acumulados años; de golpe afiladas y siniestras. Enseguida, como ratas escondidas, salieron a la luz el Chato, el Rubio y los tres hijos pequeños de la Berenguela. Se unieron a ellos, y como ellos, la guadaña, la horca y la hoz relucieron, como de oro, al sol.

No encontraron ni al alcalde ni al cura.

—La madre del médico los ayudó a escapar dentro de un carro de paja —dijeron dos de aquellas mujeres que iban a arar con el hijo atado a la espalda.

El palacio del duque seguía cerrado, como siempre. Al guarda Gracián le tajaron la garganta con una hoz, y pasaron sobre él. Quedó tendido, a la puerta de grandes clavos en forma de rosa, como de bruces sobre su propio silencio. La sangre se coagulaba al sol, bajo la gula de las moscas. Se había levantado un vientecillo raro, que enfriaba el sudor. Todos en el pueblo tenían curiosidad por conocer por dentro el palacio. El duque fue allí tan solo una vez, de cacería; y Gracián no dejaba entrar a nadie, ni siquiera a echar una ojeada.

Desde la ventana de Mariana se divisaba parte del palacio. La persiana estaba al fin levantada, sin miedo al sol. De improviso se encaraba con el sol, con la conciencia de su carne blanca y blanda, de todas sus arrugas, sus ojeras, el negro y húmedo vello. El sol le inundaba cruelmente, con un dolor vivo y desazonado. Miraba fijamente el palacio. Tras los tejadillos arcillosos de la calle de los Pobres se alzaban los tejados verdosos, los escudos de piedra quemados por heces de golondrinas, el balcón del cuadro, con sus barrotes de hierro. Estaba quieto en la ventana, como una estatua de sal; y mientras, los hombres armados subían por la calle de los Pobres, y le vieron. Oyó sus pisadas en la escalera, y ni siquiera se volvió, hasta que le llamaron.

El cabecilla vivía tres pueblos más arriba. Le conocía de haberlo visto a veces en el mercado. Era oficial de guarnicionero. Se llamaba Gregorio, y exhibía dos granadas en el cinturón, y el único fusil. Seguramente se lo habría quitado a alguno de los guardias civiles que mataron al amanecer.

Le señaló y preguntó:

—¿Y ese?

—¿Ese?... ¡Vete tú a saber! —respondió el Chato, encogiéndose de hombros.

De pronto, recordó al Chato, cuando era pequeño. Al Chato le había dicho, cargado de buena fe, en aquel tiempo: «El Sol y la Tierra...». ¡Bah! Ahí estaban sus mismos ojos, separados y fijos, llenos de sufriente desconfianza.

Avanzó hacia ellos, sintiendo el suelo en las plantas desnudas de los pies, el suelo ya caliente y aún resbaloso por el agua. Los miró, con la misma dolorida valentía que al sol, y dijo, golpeándose el pecho:

—¿Yo? ¿Quieres saber, verdad, cómo respiro yo?

Y como revienta el pus largamente larvado, pareció reventar su misma lengua:

—¿Yo? Si quieres saber cómo respiro, has de saberlo: respiro hambre y miseria. Hambre y miseria, y sed, y humillación, y toda la injusticia de la tierra. Así respiro, todo eso. Me quema ya aquí dentro, de tanto respirarlo... ¿Oyes, cabezota? ¡Hambre y miseria toda la vida! Dándolo todo a cambio de esto...

Abrió la puertecilla de su alcoba y apareció la cama de hierro negra, la sábana sucia y revuelta, el colchón de pajas. El baúl, la pared desconchada, la triste bombilla colgando de un cordón lleno de moscas.

—Para esto: para este catre maloliente, un plato de esa mesa, al mediodía, y otro plato a la noche, toda mi vida... ¿Veis ese baúl? Está lleno de ciencia. La ciencia que me tragué, a cambio de mi dignidad..., eso es. A cambio de mi dignidad, toda esa ciencia. Y ahora... esto.

Gregorio le miraba atentamente, con la boca abierta.

Y el Chato explicó, encogiendo los hombros:

—Es que es el maestro...

—Ah, bueno —dijo Gregorio, como aliviado de algo.

Dejó el fusil sobre la mesa y se sirvió vino. Se limpió los labios con el revés de la mano y dijo:

—Conque eres de letras... Bueno, pues necesito gente como tú.

—Y yo —contestó con una voz sorda, apenas oída—. Y yo, también: gente como tú.

IV

Fueron por todos aquellos que, sin él mismo saberlo, sin sospecharlo tan solo, llevaba grabados en la negrura de su gran sed, de todo su fracaso. Él fue el que encontró el escondite del cura, el del alcalde. Él sabía en qué pajar estarían, en qué rincón. Una lucidez afilada le empujaba allí donde los otros no podían imaginar.

—¿Y qué no sabrá este?... —se sorprendía el Chato.

También se lo preguntó Gregorio, a la noche:

—¿Cuántas cosas sabes, gachó?...

Llegó de pronto una sorda paz sobre la aldea. Solo recordaban la ira, los incendios de la iglesia y del pajar del alcalde. Ellos estaban, por fin, allí dentro, en el Salón Amarillo, con el gran balcón abierto sobre la noche. Allí, sobre la mesa, los vinos y las copas del duque. Y la palidez del cielo de julio, rosándose detrás de los tejados, por la parte de la iglesia. No se oía por ningún lado el mugido de los toros. Habían sido dispersados, y el pastor estaba abajo, bebiendo con el Chato y los hijos de la Berenguela. Los otros seguían su ronda, casa a casa. Una gran hoguera, frente a la puerta del palacio, devoraba cuadros y objetos, santos y santas, libros y ropas.

Él hablaba con Gregorio, aunque Gregorio no le entendiese. Gregorio le miraba muy fijo entre sorbo y sorbo. Le miraba y le escuchaba, con un esfuerzo por comprender. ¡Hacía tiempo que no hablaba con nadie!

—Me recogieron de niño, me pagaron los estudios... A cambio de vivir como un esclavo, ¿oyes? De servirle a la vieja de juguete, de hacer de mí un miserable muñeco, para la puerca vieja...

Le venía ahora como una náusea el recuerdo de la piel apergaminada de la Gran Madrina; su caserón parecido al palacio, con el mismo olor a moho y húmedo polvo. Le venían con una náusea sus caricias pegajosas, su aliento alcohólico, las perlas sobre el arrugado escote...

—Ah, conque se cobró, ¿eh? Te tenía a ti de... —dijo Gregorio, con una risa oscura, guiñando el ojo derecho.

—Era el precio. ¿Sabes, Gregorio? ¿Comprendes lo que te digo? Pero salí de aquello, para mejorarlo todo, para que a ningún muchacho le ocurriera lo que me estaba ocurriendo a mí. Me fui de sus manos, y salí a luchar solo, con una fe..., con una fe...

Le venían otra vez sus ideas, frescas y nuevas. Su deseo de venganza; pero una venganza sin violencia, una razonada y constructiva venganza:

—Para que a ningún muchacho le ocurriera... Pero aquí, ¿qué pasó? No lo sé. No lo sé, Gregorio.

Y de improviso le llegó un gran cansancio:

—Estoy podrido como un muerto.

Había llegado, sin embargo, un día, una hora. El polvo, el fuego, girando y girando en torno al polvo y al fuego. Allá abajo ardían los libros y los santos del duque. Y allí, sobre ellos, en la pared, estaba el gran cuadro fascinante. Levantó los ojos hacia él, una vez más. El cuadro parecía llenarlo todo. «Tal vez, si yo hubiera tenido un cuadro así... o lo hubiera pintado..., quizá las cosas hubieran sido de otro modo», se dijo.

—Ahora, todas las cosas van a cambiar —dijo Gregorio—. ¿No bebes?

Tenía sed. No solía beber vino, pero ahora era distinto. Todo era distinto, de pronto. «Acaso le tenía yo miedo al vino...»

En aquel momento subió el Chato y dijo:

—A ese le toca ahora. —Y señaló el cuadro.

—No, a ese no —dijo.

—¡Arrea! ¿Por qué?

—Porque no.

El Chato se le acercó:

—¿Pero eres tú de iglesia, acaso?... ¡Pues no la pisabas!

—No soy de iglesia, pero a ese no le toques.

Gregorio se levantó, curioso. Se inclinó sobre la plaquita dorada del marco, deletreando torpemente. Y de improviso soltó la risa:

—¿No quieres que le toque porque pone aquí: EL MAESTRO?

Sin saber cómo, le venía a la memoria una cruz grande que sacaban cuando la sequía, tambaleándose sobre los campos. Un hombre llagado y lleno de sangre, y los cánticos de las viejas: «Dulce Maestro, ten piedad...». Era horrible, con su sangre y sus llagas. Pero no era por eso.

No, aunque allí pusiera —que bien lo sabía él, desde el tiempo en que miraba por la ventana—, aunque allí dijera: EL MAESTRO.

Se estremeció, como cuando bajaba al río, con el viento. Y el hombre del cuadro estaba allí, también; tan inmensa, tan grandemente solo; con su mano levantada. Su cara pálida y delgada, los largos cabellos negros, los ojos oscuros que miraban siempre, siempre, se pusiera uno donde se pusiera...

—¿Porque eres tú también el maestro? —reía Gregorio, sirviéndose más vino del duque.

Él pensó: «¿Maestro? ¿Maestro de qué?».

Y entonces los vio, a los dos. Estaban los dos, el Chato y Gregorio, mirándole como las larvas del hombre, allí en la escuela húmeda. Con aquellos mismos ojos, cuando él decía: «La Tierra gira alrededor del Sol...». Ah, las burlas. Los incrédulos ojos campesinos, la gran inutilidad de las palabras. Necesito gente como tú. Había estado soñando un día entero, un día entero.

—Dame anís..., ¿no hay, acaso?

No, no había. Solo vino. El Chato sacó el cuchillo y rasgó el cuadro de arriba abajo.

Tan tranquilo como cuando decía, sin un asomo de alegría: «Ja, ja, ja»; igual de tranquilo echó mano al fusil de Gregorio y le descerrajó al Chato un tiro en el vientre. El Chato abrió la boca y, muy despacio, cayó de rodillas, mirándole, mirándole. Como a una víbora, Gregorio saltó. Le detuvo encañonándole. Y, de nuevo, aquellos ojos se le enfrentaban: los unos, moribundos; los otros, inundados de asombro, de ira, de miedo. Y gritó:

—¿No entendéis? ¿Es que no entendéis nada?

Gregorio hizo un gesto: tal vez quiso echar mano de una de aquellas granadas que exhibía puerilmente. (Como los muchachos sus botes con lagartijas, renacuajos, endrinas; como los muchachos que no entienden, y están precozmente cansados, y nada quieren saber del sol y la tierra, de las estrellas y la niebla, del tiempo, de las matemáticas; como los muchachos que martirizan al diablo en los murciélagos, y arrojan piedras al maestro, escondidos en los zarzales; como los muchachos que ponen trampas, y hacen caer, y se burlan, y se ríen, y gimen bajo la vara; y queman el tiempo, la vida, el hombre todo, la esperanza...) Como ellos allí estaban de nuevo frente a él los ojos de clavo, la mirada de negro asombro, salida de otro grande e interminable asombro que él no podía desvelar. Y dijo:

—Y toma tú también, y dame las gracias.

Disparó contra Gregorio una, dos, tres veces.

Arrojó el fusil, bajó la escalera y por la puerta de atrás salió al campo. En medio de un grito solitario, escapó, huyó, huyó. Como había deseado huir, desde hacía casi veinticinco años.

V

Dos días anduvo por el monte, como un lobo, comiendo zarzamoras y madroños, ocultándose en las cuevas de los murciélagos, cerca del barranco. Desde allí oía el mugir de los toros, chapoteando en el agua y las piedras. Los toros huidos, temerosos del incendio de la iglesia, desorientados.

Al tercer día vio llegar los camiones. Eran los contrarios, los nuevos. La revolución que anunció Mariana había sido sofocada por estos otros.

Bajó despacio, con todo el sol en los ojos. Traía la barba crecida, el olor de la muerte pegado a las narices. Apenas entró en la plaza, frente al palacio, los vio, con sus guerreras y sus altas botas, con sus negras pistolas. Aquellas viejas que en un tiempo dijeron: «Qué bien peinado y con zapatitos», las que decían: «¡Loco, chota!», le señalaron también ahora. Habían sacado, arrastrados por los pies, como sacos de patatas, los cuerpos ya tumefactos del alcalde y el cura. Y los dedos oscuros y sarmentosos de las viejas le señalaban, junto a los tres hijos pequeños de la Berenguela:

—¡Asesinos! ¡Asesinos!

Tal como estaba, con su barba crecida y su camisa abierta sobre el pecho, lo detuvieron.

—Dejadme coger una cosa —pidió.

Le dejaron ir a casa de Mariana, encañonado por una pistola. Subió al catre, desanudó la corbata de los barrotes y se la puso. Cuando arrancó el camión, él llevaba los ojos cerrados, con las manos atadas a la espalda.

Al borde del río alinearon a los tres hijos de la Berenguela. A él, el último. El aire estaba tibio, oloroso. El más pequeño de los hijos de la Berenguela, recién cumplidos los dieciocho años, le gritó:

—¡Traidor!

(En algún lado estaba un hombre con la mano levantada, clamando. Un hombre con la mano levantada, rasgado de arriba abajo por el torpe cuchillo de un niño, de una larva incompleta; un grano de polvo persiguiendo una bola de polvo, una bola de polvo persiguiendo una bola de fuego.) El viento caliente de julio se llevó el eco de los disparos. Rodó terraplén abajo, hacia el agua. Y supo, de pronto, que siempre, siempre, a falta de otro amor, amaba el río, con sus juncos y su retama amarilla, con sus guijarros redondos, con sus álamos. El río donde chapoteaban, algo más arriba, los toros asustados y mansurrones, mugiendo aún. Supo que lo amaba, y que por eso bajaba a él y se ponía a mirarlo, a mirarlo, ciertas tardes de su vida, cuando empezaba el frío.

Sino espada

«Este pueblo me honra con los labios, pero su corazón está lejos de mí.»

—Ripo, hijo, que no subas —le dijo su madre por una vez más—. Que no me entere yo que vuelves a subir a donde esa gentuza. ¿No tienes cabeza o qué? A tus doce años ya podrías ser más avisado. Si se entera don Marcelino, con lo religioso que es, de que te juntas con esos indecentes, nos pone en la calle.

Desde que se vinieron a la ciudad, su madre tenía los ojos opacos. Ripo la miraba mientras ella le planchaba la camisa.

—Es por el Chapo —explicó con su voz demasiado ronca. Por eso hablaba poco, por la voz, que ya no era de un niño, ni aún de hombre. Una voz que le humillaba, de pronto, con gallos inesperados.

—¡Por el Chapo! —contestó la madre entregándole la camisa con gesto impaciente—. ¿Ese Chapo, qué te dará a ti?

—Es paisano —dijo él. Resultaba un argumento bueno, por lo general. Los ojos de la madre se reblandecían levemente en cuanto se le decía, más o menos: «Ese es de allá, de nuestra tierra».

—¡Bueno, pues el Chapo que baje él! —resumió la madre, recogiendo aprisa la plancha, arrollando el cordón en torno a su mano de dedos ásperos y rojizos: manos de criada, no labradora, como antes de la inundación, cuando vivían en el pueblo.

—No le gusta bajar aquí —añadió Ripo con rencor. A su pesar, le salía esa rabia, casi siempre, acordándose de su llegada a aquella ciudad, pequeña, sórdida, que no le gustaba.

—Hala, hijo, que llegas tarde.

Ripo se metió la camisa aún caliente. La sintió con agrado sobre la piel fría, tiritante. La madre lo miró de reojo. «Está delgado», pensó. También a ella le roía un dolor rabioso. «Si no hubiéramos tenido que venir aquí...» Allí, en el pueblo, lo tenían de pastor. No era quizá un oficio demasiado bueno, pero la piel de Ripo tenía allí un tinte dorado, de corteza de pan. Y estaba fuerte.

Ahora casi no parecía la piel de un niño: pálida, como floja, sobre los brazos que empezaban a abombarse precozmente junto a los hombros. Ripo se acabó de vestir y bajó a la tienda.

Don Marcelino era dueño de la mayor tienda de ultramarinos de la ciudad. Como también era paisano —incluso medio pariente—, al ocurrir la desgracia de la inundación, en la que murió el marido de ella y se quedaron sin casa, don Marcelino les dijo que se vinieran a su tienda. Necesitaban él y su mujer, doña Elpidia, que les ayudaran. Ella, pues, hacía las veces de criada y Ripo de mozo. «Con el tiempo irá ascendiendo», dijo don Marcelino. Aún no le pagaba sueldo. Prácticamente los tenía por la comida y el alojamiento, en lo alto de la casa —que era propia—, bajo el techo abuhardillado. Todos comían abajo, en el gran comedor de muebles negros, con guerreros y serpientes labrados, y pantalla de seda verde, de cuyo borde pendían, como flecos, lágrimas de cristal tintineando cada vez que el tren, allá detrás, en la estación, pasaba silbando locamente hacia otras ciudades que solo conocían por el cine, por los «santos» del calendario con el anuncio de la tienda de don Marcelino...

«Porque el hijo del hombre ha venido a salvar lo perdido.»

El Chapo vivía detrás del cementerio, en lo alto de la colina que dominaba a la pequeña ciudad. Y se veía desde allí el cementerio, también como otra ciudad, muy ordenada, igual que un panalillo. Como Ripo había venido del campo, le gustaba mucho ver la ciudad ordenada de los muertos, ya que él y su padre, antes de morir este, iban por colmenas silvestres. A Ripo siempre le gustó el orden, y por eso se extasiaba delante de un panal o un cementerio. Esto se lo contaba al Chapo, porque era el único que le escuchaba sus cosas, entendiéndolas. A aquel como raro pueblo de la colina, montado por todos los que estaban como el Chapo, sin trabajo ni oficio, por unas o por otras cosas —tullidos, idiotas, enfermos, en fin, lo que fuera—, le llamaban La Cornera.

Junto a la chabola del Chapo, entre dos árboles desnudos, color sepia, se abría el azul-gris de la niebla. Y era como el marco de todo lo de allá abajo de la ciudad. El nombre de la ciudad estaba escrito a la entrada, en la carretera, sobre un cartel blanco, con letras azules.

Había huertas ricas alrededor. El Chapo las veía desde su chabola. Hacia las afueras, hileras de chopos, hermosos y amarillos por el frío. En la ciudad, calles tortuosas al estilo antiguo; dos o tres barrios nuevos, con casas como cajas de zapatos, que dejaban entrar la luz, el aire y la higiene. Lo demás: el río, con el gran puente, pintado en el escudo de la ciudad; las casuchas de la orilla, los solares calvos, el descampado, las grutas del barrio de las Latas (para imitar a Madrid); los escaparates de los comerciantes, las casas de los hombres y mujeres, el Gran Casino, la colegiata de Santa María, el mercado de la Lonja. Y el campo: el campo de ellos dos, otra vez, inundado de hierba y agua, de raíces y manantiales soterrados, de viñas, chopos, álamos, aulagas, romeros; árboles que miraban, con agujeros huecos, como los ojos del Chapo. Pero el Chapo no era ciego. El Chapo lo miraba todo, desde lo alto de la colina sacudida por el frío. Quedaba allá, hacia el este, un resto de la antigua muralla, negruzca y manchada de rojo a la luz del poniente. Guarida de murciélagos y lagartijas, mariposas negras, con verdes manchas de hiedra en algún punto. La muralla manchada con sangre de mil cosas heroicas: estúpidas, injustas o,

138

simplemente, crueles. Olía a moho y musgo antiguo por la muralla. Y crecían, allí cerca, las plantas de cólera y las humildes y salvajes flores del arzadú. El Chapo también las conocía. Solía cogerlas cuando llevaba a pastar el rebaño de cabras ciudadanas, negras como diablos, secas y malolientes. ¡Qué distinto de los rebaños de la sierra! La sierra añorada, que se transparentaba como tras una cortina de humo por allá lejos, por sobre la ciudad y las huertas, allí donde no se atrevía a mirar. Cuidó el rebaño del lechero de la calle de la Vara Real, detrás del mercado. Rebaño que mascaba, en el invierno, papeles sucios, arrugados y empujados por el viento, hojarasca muerta, piensos secos. Al Chapo también le gustaba, por todo eso, hablar con Ripo. Porque Ripo le recordaba lo otro: lo de los rebaños que pacían hierba fuerte y rabiosamente verde entre las piedras. Ripo venía de allí, y por eso le quería. No eran del mismo pueblo. Ripo y su madre se vinieron por lo de la inundación. Los demás de La Cornera no sabían de esas cosas: siempre habían estado allí, detrás del cementerio; el Cojo, el Zacarías, el Curro, no conocían otra cosa. Recogían los papeles, las basuras, en sus sacos. Luego los vendían, se compraban cosas, comían; dormían. Alguno, aprovechando la gruta de la roca. Otros, como el Chapo, se apañaron una chabola ellos mismos. Había alguna ruina por allí cerca, casas bombardeadas de cuando la guerra, y servían sus ladrillos, sus vigas. Se apañaron bien. Mientras no hiciera frío, claro. Pero lo hacía. Rosa, la mujer del Rugo, había tenido el niño cuando el Rugo estaba en la cárcel. «¡Esa gentuza!... ¡Ojo con acercarte!», decía la madre a Ripo. «El Chapo, si tanto le quieres, que baje acá, donde la gente decente.» La madre lo decía metiéndole debajo del brazo un pan para el Chapo, bien envuelto en papel de periódico. «No vas a subir tú siempre. No te mezcles con esa gentuza; solo aprenderás cosas que no te convienen, y si andas en malas compañías te van a despedir. Porque don Marcelino es muy religioso y solo quiere gente decente a su alrededor.»

Pero él, ¿cómo no iba a subir a La Cornera si solo el Chapo sabía de qué hablaba, si solo al Chapo, como a él, le interesaban las cosas de más allá de la ciudad?

Subía entre recado y recado, con los ojos saltones por el esfuerzo, enrojecido. La Rosa había tenido el niño hacía unos meses. Era muy fuerte la Rosa. Lo dejaba metido en la cuna amarilla que le había regalado doña Magdalena, con unas rosas pintadas por la parte de la cabecera.

Al Chapo le decía:

—Guárdemelo, Chapo, hasta que vuelva.

Como el Chapo estaba vacío, sin trabajo, no le costaba estar allí, guardando al hijo de la Rosa. El niño era una criatura muy sana, parecía mentira, con todo lo que había pasado la Rosa: lo de Rugo, y todo lo que vino después.

La Rosa se lo había dicho:

—Ya he perdido el piso, ya he perdido el piso.

Le iban a dar un piso, de los que distribuían las damas del Patronato. Pero ahora, con eso de salir el Rugo un ladrón, un criminal...

—Claro, no van a dar un piso al ladrón y criminal antes que a otros sin ninguna mancha encima...

Luego salió lo de que no estaban casados. Doña Magdalena, que era la que la protegía, se puso roja de vergüenza ante las otras damas. Pero no la abandonó del todo:

—¡Criatura de Dios!... Bueno, lo del pisito será más adelante. Pero ahora, por de pronto, pasarán otras antes, con vida más arreglada que usted.

Claro, esas cosas ya se sabían. La Rosa lo comprendió bien. No la abandonaría del todo. Seguía lavando en la casa de doña Magdalena. Y ella miraba lo de los papeles, para ver si los casaban en la cárcel. Pero la Rosa le dijo, solo al Chapo:

—Y si le digo, Chapo, a mí no me da la gana de casarme con el Rugo.

Eso no contaba. El Chapo dijo:

—Pues no te cases.

—Le han salido doce años. ¿*Pa* qué voy a casarme con él?

El Chapo pensó algo, y añadió:

—Si le van a llevar a un Campo, como dijeron, y trabaja, tendrás algo de la paga, ¿no es así? Así lo creo, vaya.

Y la Rosa contestó:

—¿Y a mí qué se me da la paga? Que se la coma él. Yo ganaré más *pa* el chico y *pa* mí.

Bueno, la Rosa ganaba más que nadie, allí en La Cornera. La que más. Los hombres la envidiaban, ninguno tenía un jornal como el de Rosa. El trabajo de ella se pagaba mejor que las basuras que podían recoger en La Cornera; porque la parte gorda, la buena, la tenían otros, claro está. Ellos eran los que sobraban, solo los que sobraban en todas partes. Y, entero de cuerpo, lo que se dice entero, ¿quién vivía en La Cornera, como no fueran la Rosa y el Chapo? Cojos, enfermos, idiotas... Gente así.

El Chapo no servía para nada más que para pastor; y de pastor nadie le quería en la sierra, porque les tenía miedo a los lobos desde la noche en que le mataron a Norbertín. Todos le conocían en la sierra: «Ojo, el Chapo; se dejó matar al zagal, tuvo miedo, no es de fiar». Ahora, o allí en la colina, o detrás del mercado, apacentando sombrías cabras de la ciudad, para un lechero gordo y ruin, corría su vida. Así eran las cosas.

Y como el Chapo, igual que él, también fue pastor, podían hablar de aquello. Parecía mentira, mirándola desde allá arriba, que su tierra, que se divisaba tan lejana, estuviera tan cerca. Desde La Cornera creeríase que se podía tocar con la mano. La sierra, tan distinta de la vega, rica y ancha, con sus huertas. La sierra, dura, con pastos y rosas salvajes, con sus cercanas estrellas; y los pueblos, los ríos... Se le apretaba la garganta pensándolo entre los estantes con pastillas de jabón, paquetes de detergentes, el cartel de: «MARCELINO LUGONES, ULTRAMARINOS FINOS»; y los salchichones, jamones y chorizos; y don Marcelino en la caja, con su boina negra y su guardapolvo gris oscuro. «Más sufrido», decía doña Elpidia.

Hambre, su madre y él, no pasaban. Había perdices escabechadas para don Marcelino y doña Elpidia. Para ellos, cocido de garbanzos. No les importaba, porque perdices las habían comido miles de veces, allí en el campo, cuando el padre las cazaba y la madre las preparaba, tan buenas. No tenían hambre. Lo que le hacía sufrir a él, más bien, era el asco. Asco de verles comer, con la barbilla brillante. Y, a veces, saltaba de la mesa con el pedazo de pan en la mano.

—¿Adónde vas, chiquito? ¡A ver si aprende modos este salvaje! —decía doña Elpidia.

Y la madre se ponía colorada, y le sacudía por un brazo. Él, luego, subía hasta el Chapo, su amigo, que fue pastor como él, y le decía:

—¿Te acuerdas, Chapo, cuando comíamos allá arriba? El pedazo de pan cortado, el pedazo de queso. ¡No hay queso aquí, en esta puerca tierra, como aquel! ¿Eh, Chapo?

Y escupía al suelo, y le miraba riéndose. El Chapo y él no estuvieron nunca juntos, de pastores: ni siquiera se vieron en aquella tierra, pero sabían de qué hablaban. Conoció al Chapo en la ciudad, un día que le vio con las cabras negras del lechero de la calle Vara Real. Empezaron a hablar, el viejo y el niño, y salió todo: que eran paisanos, de pueblos muy próximos. Y el nombre de la sierra (algo como un viento o una voz, levantaba la sangre, la escondida sangre del corazón) les había unido. Luego, cuando llegó el frío, el Chapo era tan torpe, y bebía tanto vino y comía tan poco... Se quedó sin trabajo. Le dijo:

—Allá arriba vivo, en La Cornera.

Robando tiempo a los recados de la tienda, subía a verle. La madre también conoció al Chapo cuando aún iba por los descampados y solares, con su miserable rebaño.

—¿Conque es usted el Chapo, el de los Dominguines? —le dijo, y envueltos en el delantal llevaba sobres y tabaco.

Como ahora la Rosa. Dijo que, en tiempos, había conocido a una prima del Chapo, y de mozas se rieron mucho en una romería. La madre, hablando de aquellas, tenía otra vez como una pena en la voz. «De no estar allí —se dijo Ripo—. De no estar allí.» Porque a él no le engañaba su madre, por más que se mordiera las cosas hacia dentro. Luego, a la noche, acostados bajo el techo en declive, la madre volvió a hablar de «entonces». Si Ripo levantaba la mano, tocaba la viga, y la levantaba muchas veces y pasaba por ella el dedo. Sobre todo las primeras noches, cuando no se podía dormir, acordándose de aquello que amó tanto, mientras sentía las lágrimas calientes cayéndole hacia un lado y otro de la cama. La madre, al lado, sin luz —siempre que le habló de esto lo hizo a oscuras—, le contó lo del zagal Norbertito, que el Chapo se lo dejó matar por los lobos mientras dormía. Y que nadie quería al Chapo en la sierra, y que por eso tuvo que bajar a la ciudad a buscar trabajo. Porque estas noticias corrían en la sierra como la pólvora. No otras, que ni siquiera sabían cuándo cambiaban de presidente los Estados Unidos. Pero estas cosas sí. Y al saberlo, a él le dio aún más rabia lo que le pasaba al Chapo, que también decía:

—Sí, así hacía yo: un pedacito de pan, bien cuadradito, con la navaja, y un pedacito de queso, bien cuadradito también...

A él no le habló jamás de lo de Norbertito, ni de nada que le doliera. Ahora el Chapo vivía gracias a la Rosa, que le daba de comer y dinerillo para tabaco y vino por cuidarle al niño, al que pusieron Miguelín y que era majísimo. Desde que nació estaba el Chapo embobado con él. Con papel y cordeles le hizo un muñeco, al que llamaban Bernardino el del Bombardino. Lo hacía bailar, y hay que ver. ¡Poco que se reían ellos con eso! Y también Miguelín, que ya empezaba a gatear por la cueva. La Rosa le decía al Chapo:

—Mire usted, Chapo, ahí le dejo yo la muda limpia del Miguelín. En cuanto que se moje, me lo cambia.

—Sabes, Ripo, no es mal oficio este —decía el Chapo—. Después de cuidar cabras, cuidar críos; pues me gusta. Porque este ya me conoce, como me conocían la Mohína, la Guirnalda, la Pinta.

Así sería, seguramente.

«Las raposas tienen cuevas, y las aves del cielo nidos: pero el hijo del hombre no tiene donde reposar la cabeza.»

Como se acercaba la Nochebuena, don Marcelino y todos en la tienda estaban como locos. Primero con los pedidos: don Marcelino sentado en la mesa del comedor con la mujer al lado y la pluma en ristre: «Tanto de esto, tanto de lo otro...». Mariano, el dependiente que cada día se parecía más a don Marcelino, enumeraba con la boca llena de saliva: «Chorizo, jamón, embutidos, turrones», etc. Ya estaba engordando como don Marcelino y cogía aquel color de hígado, por tanta grasa como empapuzaba. La madre, en la cocina, recogía los cacharros y canturreaba por lo bajo un aire de la tierra. Doña Elpidia dijo: «Calle, mujer, calle, que interrumpe». Y, luego, las órdenes para lo del escaparate:

—Que resulte bien alegre —decía don Marcelino—, que tiente mucho...

Se metían de pie en el escaparate, y doña Elpidia les hacía quitarse las alpargatas, para no manchar.

—Que tiente mucho —repetía don Marcelino—. La verdad, pocas fiestas son tan hermosas como esta.

Todas las calles estaban iluminadas con bombillas de colores, gallos y pavos pintados. Ripo dijo: «Es como si fuera la fiesta de la comida». Y de su voz ronca salió un gallo inoportuno. Don Marcelino le dio un pescozón:

—¡Irreverente! En mi casa no tolero irreverencias, ¿sabes, truhan? Allá, en el pueblo, las que quieras. Pero aquí somos gente creyente. No como aquellos salvajes.

En la sierra de los salvajes era distinta la Nochebuena. No se comía así. Acaso besugo, si lo traían los «fresqueros» en las cestas con nieve. Los niños bajaban con ramos e iban a la iglesia, a la Misa del Gallo. Le llevaban los ramos al altar. Luego tocaban la zambomba, y se acostaban. Era muy distinto de aquí, sí. Sin eso que llamaban alegría. Sin bombillas de colores, cánticos de borrachos por las calles, sin sopores de una cena terrible, donde, por única vez al año, Mariano, su madre y él comían igual que don Marcelino y doña Elpidia. Era diferente, sí. También iban a la Misa del Gallo, a la colegiata; don Marcelino y ellos. Él se durmió, entre el oro y los cánticos. Su madre le había pellizcado. Todas las congregaciones de la ciudad iban a adorar al Niño, que no estaba desnudo como en el pueblo, sino cubierto de cintas de oro y plata. Y allí se veía a todos los «importantes» de la ciudad. La madre estaba embobada, con la boca abierta, los ojos llenos de sueño y los riñones molidos; como él, de tanto repartir aquí y allá, y de despachar, y de correr de un lado a otro. Se sentaron a la mesa sin apetito; apenas cenaron, de puro cansados. Y la madre, aun así, decía: «Mira, Ripo, el señor alcalde, la señora baronesa de Puerto Grande; mira, Ripo, los niños de la Beneficencia...». Los huérfanos, vestidos de azul, cantaban alrededor del Niño. Uno se cayó al suelo, de puro sueño. Sangró de la nariz y se lo llevaron. Una sola Nochebuena había pasado en la ciudad, donde los creyentes. Se acordaba muy bien. Y temblaba ante esta nueva Navidad:

—A mí, madre —dijo—, ojalá que me dejaran solo, sin celebrar nada todo el día.

—¡Ay, pagano, judío, malvado, que me has de matar con esa lengua que tienes, y esas aficiones! Desgraciado, que no te oiga hablar así don Marcelino de las cosas más santas.

No veía él que hubiera nada de santo en aquel lugar; al menos donde él vivía. Porque los que iban a la iglesia de la colegiata solo estaban atentos a quién llegaba y a quién vestía mejor. Doña Elpidia ponía los ojos en blanco, pero no rezaba, ca, no señor; que él sabía que no. Solo movía los labios y vigilaba de una esquina a otra, y decía por lo bajo: «La de Ruiz-Corregidor», «Las de Brandolín», «Las de don Ramiro, el sedero...». Y así, todo el rato, con los ojillos levantados hacia arriba, como dos botones.

Luego, don Marcelino empezaba a roncar. Allí vio su cabeza, por primera vez, sin boina. ¡Qué cabeza, ay! Por eso se la tapaba; ya decía él, ya: cubierta de pelusa, como los polluelos recién nacidos; y de color negrillo, además. ¡Puá, qué asco! ¡Pero qué asco! Y, de repente, la tercera de las papadas se le caía sobre la corbata, como un rollo de manteca; y luego la segunda, y la primera. Y empezaba el concierto de ronquidos y resoplidos. Y dos codazos de doña Elpidia. La madre y él se quedaban mirándolos, embobados, con la boca abierta. Y doña Elpidia se enfadaba: «¿Qué miráis, *atontaos*? ¡A rezar, descreídos!...».

Y así hasta el final, en que salían. Él con los pies helados y dormidos, dando una con otra las rodillas. Delante iba el matrimonio, con sus abrigazos peludos; detrás Mariano, con su gabardina, su boina y su bigotito, mirando con ojillos golosos a los borrachos que pasaban. Los borrachos llevaban gorros de papel; tropezaban y soplaban con la corneta en las orejas de los serios que salían de la colegiata. La madre y él, muy apretados uno al otro, medio dormidos, y tropezantes, como los borrachos, se decían: «Ojalá que mañana nos dejaran dormir hasta las diez». Pero ¡ca!, con el trabajo que había.

Don Marcelino le pidió: «A ver esas propinas». Y él, el muy idiota, que había recogido más de trescientas pesetas, se las dio; y don Marcelino se las quitó diciendo: «Para una cartilla de ahorros, y que no despilfarres en vicios, que ya te voy conociendo». Y él le odió y le deseó que se pusiera malo. (Como aquel día que se iba a morir, parecía, y llamó corriendo al cura; y ¿para qué tanto alboroto? Fue solo una indigestión.)

Por eso ahora estaba prevenido. Llegó el 24 de diciembre; su madre le había planchado la camisa, y a él se le preparaba un día suave: como que desde hacía ocho días que no paraba. Ya habían puesto el escaparate, con sus turrones en forma de pared, sus gallos pintados, sus estrellas de papel dorado, sus letreros de: «Paz a los hombres de buena voluntad» sobre una ristra de chorizos. Todo en fila. Ya había pasado su tarjetita —hecha entre la madre y él, porque no tenían dinero para la imprenta—, donde se leía: «El repartidor de ultramarinos les desea Felices Pascuas»; y tenía ya, bien escondidos, más de veinte duros, que no iba a enseñar a nadie. Más de la mitad de lo recogido se quedaría don Marcelino, pero aquellos veinte duros, para sus vicios. A buena hora se los iban a quitar.

Sus vicios, ya se sabía, eran el Chapo, el Miguelín y las charlas: «¿Y usted se acuerda, Chapo, del olor de la leña quemada?». Subía a La Cornera con cierto remusguillo, porque, de tanto oírlo, le creaba una culpabilidad dentro, de frecuentar malas compañías. Es verdad que la Rosa llevaba una vida así asá…, y el Chapo a veces se emborrachaba, ni iba a misa, ni nada. Pero, en fin, eran sus vicios. Sus vicios, qué le iba a hacer. Sus vicios, subir la colina que le traía de nuevo el aroma a tomillo, a hierba, a frío grato y alto, a noches cara al cielo (ardiendo julio allá abajo, y en las cumbres del viento, como una mano fresca sobre la fiebre). Porque él era pastor, pastor, pastor, sí, señor, como el Chapo. No chico de los recados. De los recados de salchichón, jamón, coca-cola, etc. Que además no le gustaba. Como buen montañés, gustaba de comidas simples, parcas y secas. «Fuera la grasa, fuera...»

Y era la mañana del día 24 de diciembre, y él temía todo lo que se avecinaba, y amaba todo lo que había dejado. Brillaban al sol los cristalillos de la ciudad de los muertos. A veces, estando cansado, con qué amargura le decía al Chapo: «Chapo, ¿sabe?, cuando me duelen los riñones, envidio a los que están ahí abajo». Y el Chapo se reía y decía, haciendo bailar, ante Miguelín, a Bernardino el del Bombardino: «¡Ah!, todos, todos iremos ahí, no te apures».

Se levantaron la madre y él a las cinco, cuando aún no lucía el sol. Abajo ya habían empezado los trajines, los recuentos, las peleas: «Si tú lo dijiste, ¿no te acuerdas, Marcelino?». «¡Qué he de decir yo, mujer, qué he de decir! Gastos, gastos y gastos por todas partes. La ruina me quieres tú, parece...», etc.

Un año y pico llevaba allí, ¡y cómo se los conocía! Y pensar que...

—Pensar, Chapo, que estaría yo tan ricamente allá arriba, con el rebaño.

Ahora, en La Cornera, el Chapo estaba serio. Se quedó frío, mirándole:

—Sabes, Ripo, hace tres noches que falta la Rosa. Se ha terminado todo: la comida, el tabaco, el vino..., todo. Nadie lava la muda del Miguelín.

El Miguelín, envuelto en un jersey verde, se arrastraba por el suelo, empeñado en abrir un bote vacío de Nescafé.

—¿Cómo que falta?

—Pues ya ves; ella tendrá sus cosas, la Rosa, pero ni un día deja de venir para acá. Y he *mandao* al Cojo, y me dice que la han *pescao* en una redada.

—¿Qué es eso?

—Pues ya sabes, la Rosa con lo guapa que es. A veces, pues ya sabes. El dinero, hijo, el dinero que hace falta.

—¿Pero no lava para una señora?

—Pues no, ya no. Así es la cosa, hijo. Y ahora, ¿qué vamos a hacer con el Miguelín? Porque yo no importo, ya me apañaré, pero este hijo...

—Pues... algo habrá que hacer.

—Mira, me mandó recado la Rosa: que no ha dicho del niño para que no se lo lleven al asilo, ¿sabes?, y que ella saldrá pronto, a lo mejor, dice. Para pasadas fiestas, saldrá. Y que entre tanto le cuidemos al niño y que nadie se entere, porque... ¿qué vamos a hacer? Mira, me bajo al lechero, a ver si me quiere tomar otra vez. Que me adelante algo... Cuida del chico.

—No tarde *usté*, que tengo yo un trabajo hoy...

—Descuida...

Se fue.

—Eh, *usté*... —le llamó de pronto, al quedarse solo.

Y miró alrededor, cogió a Miguelín en brazos, y Miguelín luchó por bajar al suelo. Le dejó. Sus piernecillas, gorditas, estaban rojas de frío. Pero ya estaba acostumbrado; era un chaval muy fuerte. «Hasta pasadas fiestas...» Había un catre en la cueva donde dormía la Rosa, junto a la cuna del Miguelín. Estampitas en la pared, un espejo... ¡Qué apañada era la

Rosa! ¡Qué apañada! Y, de pronto, pensó: «Y el Chapo, ¿dónde duerme el Chapo?». No lo había pensado nunca. «Aquí come, aquí cuida del Miguelín; pero ¿dónde duerme el Chapo?» Y salió afuera y vio la tierra fría, con sus raíces gelatinosas, y el frío, y la escarcha de las zanjas. Y los árboles desnudos, y, allá abajo, la ciudad de cristalillos rojos, verdes y amarillos, fosforescentes al sol.

La tierra, la tierra. La oscura y sórdida ciudad, allá abajo, entre la bruma. «¿Dónde, dónde duerme el Chapo? ¿Por qué les había vendido su chabola al Cojo y al Curro, cuando le despidió el lechero?»

«En la cátedra de Moisés se han sentado los escribas y los fariseos. Haced, pues, y guardad lo que os digan, pero no los imitéis en las obras, porque ellos dicen y no hacen. Atan pesadas cargas y las ponen en los hombros de los otros, pero ellos ni con un dedo hacen para moverlas.»

Pasó más tiempo, mucho más del que él hubiera querido. Algo parecido al miedo le daba tirones del estómago, porque había muchas, muchísimas cosas que hacer. Dejó la cesta allí en la cueva de la Rosa, y la miraba repleta de cosas que ya no eran repartidas a su debido tiempo. Si no tardara el Chapo...

El Chapo subió despacio, colina arriba. Qué viejo le vio de pronto. No se le ocurrió hasta aquel momento pensar que era un viejo, un pobre viejo solo e incapaz (aunque no hubiera ocurrido lo de Norbertín) de volver a los pastos verdes, a la hermosa, terriblemente amada y deseada tierra de «los salvajes»...

—Que no —dijo jadeando.

Le miró a los ojos. Y el Chapo, el gran Chapo, valiente, que pasara noches de lobos al aire libre, que dormía no se sabía dónde, se le puso a llorar. O, al menos, se tapó la cara con el antebrazo, y se quedó así, con toda su soledad de relieve, frente a él. Miró su pantalón raído, sus pies desnudos dentro de las alpargatas.

Y dijo con voz temblorosa:

—Yo no quiero que me lleven «allí»... Yo no quiero que me lleven «allí»...

—Chapo, Chapo... No se apure *usté*, Chapo —dijo, con un inoportuno gallo en la voz, que levantó su rabia, de un golpe. Y pateando el suelo con la bota de clavos, regalo de doña Elpidia, gritó—: ¡Que no se ponga *usté* así! ¡Que no se ponga así, Chapo!...

El Chapo apartó su antebrazo, cubierto de paño harapiento, y mostró sus ojillos encarnados, bordeados de arrugas: ojos que en un tiempo otearon las montañas, los bosques lejanos, los hayedos que él amaba.

—Es que dice el lechero que no, que no... Y que yo me vaya a...

—Bueno, ¿y qué? Ya sé yo dónde vamos a ir. Ande *usté*, Chapo; cójame la cesta y sígame. ¿No dice *usté* que hay una de esas señoras que a la Rosa la protegía? ¿No? ¿Cómo dice *usté* que se llamaba?

—La señora esa... Pues sí, la protegía. Pero eso era antes...

—Sí, pero dice la Rosa que era mejor que las otras, que le tenía cariño a ella. Era la que le iba a dar el piso, ¿no? ¿Cómo se llamaba la señora esa? ¿Dónde vivía, dice *usté*...?

Dónde vivía, el Chapo no podía decirlo, pero sabía que se llamaba «doña Magdalena, de las Mercerías»...

—¡Ah, pues ya sé!

Como que le llevaba siempre los recados. Era buena cliente de don Marcelino y daba buenas propinas.

—Amable sí es. Una vez me dio un traje para que lo arreglaran, de su hijo mayor. Un traje muy bueno, apenas gastado...

Decía esto mientras cargaba en brazos al Miguelín.

—¿No tiene este algo más de abrigo?

El Chapo no sabía. El pantaloncillo del Miguelín estaba húmedo, y las piernas y el trasero helados. Pero cualquiera sabía dónde habría otra muda...

—Bueno, no vamos a perder más tiempo.

Ripo abrigó al Miguelín con su propia chaqueta. A media colina ya se daba cuenta de lo que pesaba el crío.

¡Vaya, qué se le iba a hacer!

—Este no sabe aún andar, ¿verdad, Chapo?

—¡Qué ha de saber! Arrastrarse, si acaso...

Estaba la casa de doña Magdalena en la calle de los Héroes de Mayo. Una calle larga, con muchas tiendas. Bajo los soportales, las luces estallaban, como bolas de fuego rojo, azul, verde.

—Ay, qué majo lo ponen todo —dijo el Chapo.

Por decir, porque seguro que en el fondo no le gustaba tampoco. La gente tropezaba con ellos.

Todo el mundo iba deprisa, empujándose, afanándose en las compras de últimas horas. La casa de doña Magdalena estaba junto al bar de las Tres Guapas. Antes era bar; ahora lo estaban convirtiendo en cafetería, y salía hacia los soportales una música chillona; tres mendigos miraban hacia dentro, con la boca abierta.

Dijo Ripo, con cierto temblor de voz:

—Si acaso, espéreme aquí *usté*.

Miró la chaqueta mugrienta, mucho más mugrienta en aquella parte de la ciudad que en la colina. Y le venían como vahos los escrúpulos que le metían en la cabeza y en el pecho don Marcelino y su madre:

«Esa gentuza indecente...». Bueno, a lo mejor doña Magdalena...

—Ay, no me dejes aquí, hijo mío. —El Chapo se le había agarrado al brazo.

Y Ripo sintió una pena rara, caliente, pecho arriba, trepándole como hormigas dañinas. «Es un pastor, solo un pastor. Y yo, otro pastor. ¿Qué hacemos aquí, Dios mío?» Nunca había preguntado nada a Dios. Era la primera vez.

—Pues espere abajo, en el portal.

En el tercer piso vivía doña Magdalena. La criada le miró de arriba abajo:

—¿No eres tú el de la tienda?... ¿Por qué no vas por la otra puerta?

—Ya me conoce la señora. Dígale que es urgente...

Doña Magdalena era alta, rubia, de ojos afables. Se quedó mirándolos, al Miguelín y a él, con la boca un poco abierta:

—Hola, Ripo, ¿qué te pasa?

Se lo dijo. Como pudo, se lo dijo. No sabía cómo, se lo dijo:

—Y la Rosa, como no quiere que le quiten al Miguelín...

Doña Magdalena se tocaba las sienes con las manos:

—Pero, bueno, ¿qué galimatías es este? ¿Dónde está la Rosa?

Bajó la cabeza. Lo dijo todo, todo. ¿Cómo iba a esconderlo? Había que decir toda la verdad:

—Y si usted quiere guardar al Miguelín hasta que salga la Rosa...

Doña Magdalena, de pronto, se había quedado seria.

Miraba muy fijo al Miguelín, que despedía aquí, en esta casa, un olor nada grato. Un olor que, la verdad, allá en la colina ni lo notaba uno.

—Pero, vamos, ¿qué calamidad me cuentas, Ripo? ¿Conque este niño está allí, abandonado en manos de las gentes de La Cornera?... ¿Un viejo, dices? ¿El Chapo, dices?... ¿Ese borracho, ese haragán, cuida a este ángel de Dios?... Abandonado por su propia madre... ¡Bendito sea Dios que te manda a mí!

Ripo tragó saliva.

—¿Va a cuidar al Miguelín, hasta que salga la Rosa de la cárcel?

Doña Magdalena estaba pálida.

—Ripo, este niño irá donde debe ir, y el Chapo igual. Es una vergüenza que no haya ocurrido hasta ahora: Dios te envía... ¡y precisamente en esta tarde, en vísperas de esta Santa Noche! El Cielo te envía;

aún hay tiempo; llamaré enseguida a doña Cristina. Espera un momento aquí, Ripo. Voy a ponerme el abrigo... ¡Esa desgraciada, por fin, cayó en las manos del diablo!

Doña Magdalena salió de la habitación dejando la puerta abierta. El niño pequeño de doña Magdalena asomó su naricilla respingada, bajo el flequillo rubio, y tendió una oveja de Belén.

De pronto, Ripo se dio cuenta. Como un rayo le vino: «Adonde debe ir..., y el Chapo, igual». Allí estaba.

Doña Cristina era la presidenta de allí, de allí donde no quería que le llevaran a su niño; la Rosa lo había dicho. Se acordó de las tapias altas, de aquel niño que se cayó al suelo en la colegiata, la Nochebuena anterior. Y el Chapo que decía: «Yo no quiero ir allí porque...». ¿Por qué dijo?

No pensó más y salió. Salió, dando un portazo, tropezando por las escaleras. Miguelín lloraba y le daba en la cabeza con las dos manos. Lo apretaba contra el pecho, con todas sus fuerzas.

En el portal, junto a la cesta, tiritando, estaba el Chapo:

—Corra usted, Chapo, que hemos metido la pata...

El Chapo, sin preguntar nada (¿para qué?), le seguía por las calles, tropezando con todos, llorando. Sí, iba llorando, y él se sentía inundado de rabia, y volvía la cabeza por encima de Miguelín y le decía:

—¡Que no se ponga *usté* así, que no se ponga así!

Y se lo gritaba con furia, casi con odio. Un odio

que no sabía de dónde le venía, ni hacia dónde iba. Allí, detrás de la calle de los Héroes de Mayo, estaban las tapias grises. Nunca le parecieron tan oscuras, tan altas.

Se pararon en la plazuela, detrás de la colegiata.

—Vamos a entrar ahí... Pensaremos.

Entraron; estaba sola, iluminada, brillante. Era enorme, era terriblemente grande y llena de oro, de luz. Estaban preparando la nave para la función de la noche. Habían puesto los reclinatorios de terciopelo rojo para las autoridades. El Chapo se quedó con la boca abierta, el moco brillando en la punta de su nariz ganchuda. El pelo le salía en mechones grises por debajo del raído pasamontañas. No sabía qué hacer allí.

Eran como pobres hormigas, entre el oro, la luz, el terciopelo...

—Vamos, madre nos ayudará...

«Madre, madre —iba pensando, por el camino—. Madre, el pueblo, los ramos...» Los ramos que olían a verde, a frío, tan hermosamente, bajo las estrellas del invierno. *Paisano* era una palabra que traía el olor de la madreselva, y el rumor del río, y la dulzura, a veces, a los ojos de la madre.

—Que se espera *usté* aquí, Chapo...

—¡No me dejes, hijo!...

Miró un segundo, ciego de rabia, las dos manos heridas —y no se había dado cuenta antes: heridas de frío de recoger ramas para calentarse— asidas de su brazo como ganchos:

—Que no quiero que me lleven allí..., porque, ¿sabes?... En La Cornera era como estar un poco allá arriba…, donde tú sabes…, pero si me encierran, ay, por las noches vendrá el fantasma de Norbertín y no podré dormir y lloraré, lloraré, lloraré…

—¡Que no me cuente *usté* eso, que no quiero saber lo del Norbertín! —gritó desesperado. Y le dijo—: Sígame; entraremos por la puerta de atrás. Están todos en la tienda, a estas horas, y no nos verán…

Arriba estaba la madre, limpiando, encendiendo la lumbre:

—¿Tú aquí, a estas horas…, y este…, y ese…?

Cuando vio la cesta en la mano del Chapo, empezó a lamentarse.

—¡Cállese, madre, cállese y ayúdenos!…

Levantó los brazos, mas apenas dijo algo. No era como doña Magdalena, que no entendía. Madre entendió demasiado deprisa, quizá: demasiado bien, quizá.

—¡Desgraciado, mal hijo, que nos quieres perder!…

No dijo que sí, no llegó a decirlo, pero entre cuchicheos y maldiciones los condujo arriba, a su habitación, bajo el tejado. Iban de puntillas, pues se había abierto la puerta de la tienda, allá abajo, y llamaba doña Elpidia:

—¡María Antonia! ¡María Antonia! ¿Qué pasa ahí arriba?…

A empellones entraron. Y la madre les cerró la puerta, casi pillándoles los talones.

—Madre, si es solo hasta que salga la Rosa de la cárcel…, porque no quieren ir allá, ni el Miguelín, ni el Chapo…, porque, ¿sabe *usté*?, el Chapo también se añora de «aquello», como yo…

«Pero yo os digo que todo el que se irrita contra su hermano, será reo de juicio.»

El Miguelín se puso a llorar a gritos. Era inútil que le taparan la boca con las manos, que le subieran el jersey hasta la boca. Le oyeron.

Se abrió la puerta, y el batiente golpeó contra el muro. El gran cuerpo de doña Elpidia lo llenó todo.

—Pero ¿qué es esto?

Nunca le pidió nada. Nunca lo hubiera hecho para él, que secretamente deseaba que le despidieran (lo sabía de pronto, ahora: deseaba que le despidieran, para poder volver allí, donde nadie le hablaba de cosas que no quería escuchar, donde no veía lo que no quería ver, donde no decía lo que no quería decir...), pero estaban los dos llorando a su lado: el Chapo con lágrimas a ambos lados de la cara y la boca sin dientes abierta. Y el Miguelín asustado, que no sabía lo que pasaba, que seguramente no habría comido nada en todo el día y tenía frío, con sus desnudas piernas rojas, y su trasero mojado...

—Yo le pido..., le pido por favor, doña Elpidia; no para mí, que yo pagaré lo que sea, lo que sea...

—¿Qué vas a pagar tú, desgraciado?

Se asomó a la escalera y gritó con su áspera voz ultrajada:

—¡Sube, Marcelino! ¡Sube!

Él llegó despacio, temblando de indignación la tripa bajo el chaleco de paño negro. Pensó, con clara observación, entre el miedo y la rabia que le iban invadiendo poco a poco: «No lleva el guardapolvo, porque ya está preparado para celebrar su Nochebuena». Hablaba doña Elpidia, con el pecho agitado dentro del corsé, ahogadamente:

—... Queriendo llenar esta casa decente con sus golfos, con sus sinvergüenzas... ¿Adónde vamos a parar?... ¡El hijo de esa ramera, y ese borracho, golfo y vago! ¡Nuestra casa, guarida de hampones y desvergonzados!...

Temblaba de ira. Se acercó, agarró con las dos manos a don Marcelino: su voz, ¡ay!, estaba llena de ronquidos, de gallos aflautados. Qué pobre voz era, bajo la voz clara, gruesa, viril, de don Marcelino.

—¡Hasta que salga la Rosa de la cárcel, solo! Luego, todo volverá a ser como antes, don Marcelino. No les molestarán, no sabrán más de ellos: se lo juro, don Marcelino...

—Desgraciado —dijo reposadamente don Marcelino—. No jures, desgraciado.

La madre lloraba:

—¡Ay!, no le tengan en cuenta, es un niño: ya ven, es un inocente, que solo anduvo de pastor... ¡Perdónenle, que no sabe lo que dice!...

Sonó el teléfono, abajo. Subió Mariano:

—Es doña Magdalena, la de las Damas del Patronato, que si puede ponerse doña Elpidia...

Cerró los ojos, se dejó caer sobre la cama. Los brazos, a lo largo del cuerpo. Se llevaron al Chapo, al Miguelín. Van llorando, los dos. El Chapo repetía:

—Se me aparecerá el Norbertín..., yo no quería..., se me representará el Norbertín: tenga piedad; ya me valgo yo solo, allá arriba. ¿Qué mal les hago, señores, qué mal les hago allá arriba?...

Había oscurecido, estaba solo, todo callado. En

silencio todo. Hacía rato, por lo visto; él seguía en la misma postura, mirándose las botas.

Y, de pronto, se abrió la puerta. La madre está allí, pálida, con los ojos encarnados:

—Anda, que bajes, que bajes, dice don Marcelino, que te perdona, en gracia a tu falta de educación; que en una noche como esta, te perdona. Que te apañes pa cenar en un salto, que nos vamos a la colegiata...

«Le reconoceréis por este signo: es un recién nacido, envuelto en pañales, que yace en un pesebre.»

La miró y, de pronto, no le pareció su madre, ni nadie. Todo le era ajeno y desconocido. ¡Estuvo así tanto rato, mirándose las botas! Y pensando en los árboles, en las hojas barridas por el viento, en el olor de la tierra. Dijo con su ronca voz de muchacho:

—No bajo. Que no me perdonen. No quiero que nadie me perdone.

Detrás de la madre salió don Marcelino, con las manos en alto:

—¿Qué dices, desgraciado?... ¡Blasfemas en una noche como esta! ¡Arrepiéntete, desgraciado!

Ripo se levantó y dijo solo con su ronca voz:

—¿Y por qué? ¿Quién es usted? ¿Es usted Dios, acaso, para saberlo todo? ¿Es acaso usted Dios para perdonar?...

Y no bajó: ni por las súplicas de la madre, ni por las amenazas de los otros. No bajó. Y toda la noche de Navidad estuvo así, de bruces sobre la cama, llorando, llorando. Solo y llorando.

Cuando volvían de la colegiata, don Marcelino aún no estaba repuesto del asombro:

—¡Hatajo de rebeldes! ¡En una noche como esta, una noche de paz, traer la guerra a mi casa!

«No penséis que he venido a poner paz en la tierra: no vine a poner paz, sino espada.»

Muy contento

Empezó el día de la fotografía, es decir, el día que miré la fotografía al minuto, que nos hicimos Elisa y yo, como si todo marchara perfectamente. Por lo menos, así estaba escrito, o decidido, en un inexorable orden que presidió mi vida desde que nací.

Elisa y yo habíamos ido a dar una vuelta por el Paseo del Mar, y era domingo, antes de comer. Ella, habla que te habla, y yo escuchando, como siempre. Faltaban tres días para la boda, y estábamos repletos, atosigados de proyectos. No de proyectos amorosos, que esos, si los hubo, yacían sofocados por todos los demás: la casa, el dinero, el viaje de novios, los mil detalles de la ceremonia, etcétera. No se acababan nunca los proyectos, y yo me sentía, como siempre, así como flotante sobre nubes esponjosas de órdenes aparentemente suaves y planes sobre mi persona, en cadena ininterrumpida desde el minuto en que nací (como antes dije). Mientras la oía hablar y hablar, se me ocurrió que la cosa no merecía tanto jaleo, y al tiempo, pensé que posiblemente el día en que yo vine a este mundo, hubo en la familia un revuelo parecido, y que desde aquel preciso instante todos se enzarzaron en proyectos y proyectos —o quién sabe, acaso aún antes de que yo diese mi primer vagido— y todavía, todavía, todavía, yo caminaba dócilmente sobre la calzada de aquellos proyectos, sin parar. Fue entonces cuando me invadió la vasta y neblinosa pereza que en otras ocasiones se iniciara, y que, con frecuencia, me empujara de Norte a Sur como un desdichado globo. Por ejemplo, era una clase de pereza parecida a la que me invadió el día de las bodas de oro de mis padres (yo fui hijo tardío de un matrimonio tardío). Recuerdo la cantidad de telegramas que se recibieron en casa aquel día. Todos los amigos, o conocidos, o deudores, les enviaron parabienes, tales como si hacía tantos años que empezaron el negocio, y que si tantas cosas pasaron, cosas que se referían al negocio que llevaban juntos, y que si mi madre era la mujer fuerte y compañera accionista ideal, trabajadora, etcétera, y que si años y más años juntos y levantando el negocio hombro con hombro sin reposo, ni fiestas, ni esparcimientos, ni tabaco (como quien dice). Total, que me entraba una pereza cada vez más grande a medida que oía como todo aquello debía servirme de estímulo, a mí, que tanto me gustaba estarme quietecito con un pedazo de sol en un pie. Así que la pereza incontenible crecía al recuerdo de todos los puestos que mi padre, ayudado por la fidelidad inconmoviblemente ahorrativa de mi madre, había acumulado, desde que empezó como vulgar quesero a mano —lo aprendió del abuelo, que era pastor y tenía la cara ampliada en una fotografía, muy negra por las cejas y bigotes, encima del aparador con las tazas que nunca se usaban porque se rompían solo de mirarlas— y había acabado (o por lo menos llegado el día de sus bodas de oro) como propietario de una importante cadena de industrias queseras, dentro y fuera de la región, porque hasta en Madrid era conocido y valorado su nombre (siempre en relación al queso, se entiende, porque en la guerra no se significó, ni luego). Así que aquel día me sentí atropellado por legiones de años y quesos, y de fechas importantes en la industria familiar, y tuve ganas de esconderme en alguna parte oscurita, cerrar los ojos, o, por lo menos dejarme resbalar debajo de la mesa, que estaba cubierta de copas azules con Chinchón y migas. Pero todo eso no me lo decía yo de una manera clara, sino que me venía a retazos sueltos, desde algún agujero que yo tenía dentro y no sabía. Total que, resumiendo, aquella mañana, Elisa, que estaba tan locuaz, dijo:

—Ramoncito, vamos a hacernos una foto de esas al minuto. Mira, va a ser nuestra última foto de solteros... (etcétera).

He de confesar que esas palabras me produjeron una sensación rara. No sé, como una desazón absolutamente desordenada que rompía todo el engranaje, todo el minucioso programa establecido sobre mi persona, desde el (tantas veces rememorado en mi presencia) día de mi nacimiento (sucedido, al parecer, tras un parto que me hacía dudar sobre la tan alabada sabiduría de la Naturaleza).

Aquella mañana con Elisa, en el Paseo del Mar, cuando ella me dijo eso del último día de solteros, venía hacia nosotros un hombrecito con guardapolvo y boina, que arrastraba sobre una tarima de ruedas una máquina fotográfica del año de la polka. Dije que bueno, porque jamás fui discutidor. Nos cogimos del brazo, el hombrecito dijo que nos sonriéramos y luego se metió debajo del trapo negro.

Estuvimos mirando luego cómo sacaba la placa y la metía en un cubo con líquido, y en la cartulina cuadradita se fueron marcando sombras que, al parecer, éramos nosotros en los últimos días de solteros. Cuando nos dio la foto, ya terminada, casi seca, se me desveló todo esto que estoy contando. Era como si a mí también me hubieran metido en un líquido misterioso y apareciera por primera vez, tal y como soy, ante mis ojos. Me vi triplicado en aquella pequeña cartulina, mal cortada por los bordes, húmeda aún, abarquillándome junto a una desconocida. Era yo, yo mismo, con mi cara ligeramente estúpida de retratado sin ton ni son, con mi soltería, aún, con mi traje azul oscuro del domingo (que por cierto tenía los bajos del pantalón fofos). Allí estaba yo, mirándome, con un brazo como en cabestrillo, sujetando a una mujer que no conocía. Elisa seguía diciendo cosas, y me di cuenta de que hacía muchos años que yo no escuchaba esas cosas. Aquel ser, que se aferraba posesivamente a mi pobre brazo como enyesado tras una rotura, era un ser absolutamente ajeno a mí. Pero, principalmente, he de admitir que mi atención se fijaba en aquel pomito de flores que la muy insensata habíase prendido en el pico del escote. Era un manojo de flores artificiales que salía como disparado hacia afuera, como disparado hacia mí. Mis ojos se centraron en aquellas flores de pétalos anchos y coloreados, como dispuestos a saltar de un momento a otro, igual que animales dañinos. Me fascinaron y, a un tiempo, aborrecí aquellas ridículas flores, con un odio espeso y antiguo, que me llegaba como viento, como un resplandor a través de sombras. De repente, me dije que yo nunca había odiado antes, que nunca había amado. Y aquel odio recién nacido, reconfortante, suntuoso, se centraba en el adorno, y yo lo paladeaba como un caramelo.

Me desasí de las manos de Elisa, sujetas a mi brazo como las garritas de un pájaro a un barrote, y ellas se enroscaron de nuevo sobre él, y la foto cayó al suelo. Encontré sus ojos mirándome, me parece que con asombro, y vi sus labios redondeados en una O, sin proferir palabra, y experimenté cuán placentero podía resultar no oír hablar a Elisa. Me vino entonces a las mientes una sarta de hechos, de bocas redondeadas, que a su vez redondeaban programas y órdenes. Cosas establecidas, inmutables, que me condujeron, sin piedad, hasta una mañana de domingo primaveral, en la acera del Paseo del Mar.

(Por vacaciones nos visitaba tía Amelia, se inclinaba hacia mí, su ajada cara enmarcada en la pamela, que la teñía de sombras amarillas, y me invadía una ola de perfumes encontrados. Redondeaba la boca, y con un dedo largo, rematado por uña afilada de color rosa brillante, se daba unos golpecitos en la mejilla, con lo que indicaba el lugar exacto donde debía besarla. Creo que aborrecí aquella mejilla, aquella

boca en forma de O, con secreta pereza y odio mez-
clados, tal como se me estaba desvelando, durante
toda mi vida. Ya desde aquellos besos a tía Amelia,
tan claramente especificados y programados, mi
vida fue una sucesión de acatamientos. Cuando cur-
saba el 4.º de bachillerato, más o menos, tía Amelia
trajo con ella a Elisa, durante las vacaciones. Elisa
tenía mi edad, y era gordinflona, pálida, de ojos ce-
lestes bastante bonitos, y espesas trenzas. Un día,
jugando estúpidamente con ella y otros muchachos
—estábamos escondiéndonos y encontrándonos por
los altillos de la casa de mis padres— ella surgió sú-
bita de un armario, me rodeó con sus brazos gordi-
tos, y redondeando la boca igual que tía Amelia, me
espetó un par de sonoros ósculos. No puedo detallar
con exactitud la sensación que eso me produjo entonces. Pero a la vista del ramillete exhibido en el
escote de la mujer que se colgaba tan injustamente
de mi brazo, comprendí mi sufrida y amordazada
irritación, y la angustiada sospecha de que debía ser
yo quien decidiera dónde y a quién debía besar. Tal
vez, mi vieja aversión a los besos nace de aquel día.)
  Mirando el escote y el ramillete de la mujer que
me era profundamente lejana, ni siquiera antipática,
me dije: ¿por qué? Me invadieron unas confusas ganas de llorar, la dejé en el Paseo, y anduve, anduve.
  He repasado, y con cierto deleite, lo que fueron
mis días. Reconozco que soy tirando a feo, con mi
barbilla caída. Me gustaban las chicas guapas, sobre
todo en el verano, que se las ve mejor, pero yo estaba
tomado del brazo por Elisa, bajo la aquiescente (y
ahora lo sé positivamente), la bien planeada progra-

mación Paterna-Tía Amelia. Fui estudiante gris, ni el primero ni el último. Ingresé en la industria familiar quesera, y mis días, mis años, fueron cayendo, uno a uno, tras la puertecilla de cristal esmerilado donde, desde hacía poco tiempo, colocaron unas letras doradas que decían GERENTE. Siempre, en casa, mis padres, tía Amelia, Elisa, hablaban de mí, de mí. Quitándose la palabra, y estructurándome. Un día llegarían mis hijos — y vagamente yo repasaba visiones de niños conocidos, en brazos de madres o niñeras, salivosos, emitiendo chillidos inesperados y totalmente desprovistos de luz espiritual—. Y me sentía cubierto, rodeado, abrumado por chiquillos carnosos con ojos de porcelana, como Elisa, que crecerían, y a su vez, serían nombrados gerentes (o sabe Dios qué otras cosas). Me hundía, y desfilaban por mi recuerdo hermosas criaturas de verano, muchachos delgados y tostados por el sol, barcos, mendigos, perros, y hasta hormigas e insectos voladores. Un largo dedo con la uña lacada de rosa señalaba una pastosa y arrugada mejilla blanducha, donde yo debía besar. Inexorablemente.

Todo, repito, sucedió gracias a la fotografía. Es gracias a ella que ahora estoy aquí, por fin, contento, tranquilo, libre. Confieso que en un primer impulso desesperado se me pasó por las mientes degollar a Elisa o a tía Amelia debajo de su pamela, pero tengo los nervios muy machacados por órdenes, y además el forcejeo que supongo sucedería llegado el caso, y todas esas cosas de la sangre, que me da asco, me lo quitaron de la cabeza. Mejor era no enfrentarme a ellos, a sus ojos y sus voces, porque me volvería enseguida obediente y ambiguo, como durante tantos años. Así que era mejor no verlos, y hacer las cosas solo, por mi cuenta. Por tanto, hice lo otro, que era más cómodo, y por eso estoy aquí, ahora. Y no me caso. Ni soy gerente, ni tendré hijos ni nada. Ni me van a felicitar nunca las bodas de oro, ni voy a ver un queso en mi vida. Conque llevo ya cerca de una semana tendidito en mi catre, mirando el techo y las paredes, tan cubiertas de inscripciones divertidas, con trocitos de vida de hombres que, a pesar de todo, han hecho lo que les dio la gana. Lo que les dio la gana, como a mí. ¡Cómo ardían las GRANDES QUESERÍAS DE GUTIÉRREZ E HIJO! Me acordé de cómo me gustaba de niño encender cerillas y dejarlas caer sin apagar, y vino mi padre y me dio una torta.

Ahora estoy contento. A veces viene ese, con sus ojos tan confortablemente juntos sobre su agradable nariz de patata, a vigilarme por la mirilla, o a traerme comidita. Solo me preocupa que me vengan con psiquiatras y gente así, y me saquen de aquí. Pero no me costará convencerlos de que soy normal, y además, estoy contento.

Una estrella en la piel

El mayor, o rey, era el rojo con algunas manchas más claras en la grupa, y los otros, de variado color. Unos, acaso la mayoría, negros, y otros, bayos y castaños. Pero había uno blanco, con una estrella negra.

Yo tenía un lunar negro, encima de la ceja izquierda. Nadie me decía nada sobre este lunar, y además casi siempre lo tapaba alguna greña. A veces lo miraba yo misma, en el espejo. Esa era la razón —aunque tardé en comprenderlo— de que me interesase tanto el caballo blanco de Ruiz González. Generalmente, por aquellos días, yo robaba bastantes cosas a mi padre, y a quien pudiera, pero un caballo es difícil de robar. Solo los gitanos saben, según oí. Por entonces yo aún tenía doce años, pero comprendía que esas cosas no salen bien, que un caballo no se puede esconder con facilidad, ni siquiera arriba, en las habitaciones donde antes dormían los criados y ahora guardaban leña y arreos de carruajes, de cuando el abuelo vivía (y en la casa tenían criados). Mi padre y mi madre ya no usaban ninguna de esas cosas. Mi padre era pintor y no ganaba dinero, y el dinero de mi madre estaba muy rebajado (eso decían). Como a ninguno de los dos les gustaba trabajar, porque pintar no era trabajar, no era raro lo que pasaba, todo el mundo lo decía. Yo me daba cuenta de que a mi padre le gustaba pintar, y en cambio, el trabajo es una cosa que si se pudiera dejar de hacer, se dejaría. Muchas veces se lo oí decir al chófer de tía Encarna, decía que si le retiraba una señora caprichosa, no trabajaba más. Aunque yo solo tenía doce años entendía lo que quería decir, y sabía que se refería a la misma tía Encarna (todo el mundo sabía lo que ella y él eran), pero mientras no se muriese tío Emilio, no había nada que hacer. Además de eso, tampoco a mí me gustaba trabajar, como por ejemplo levantarme a las ocho para ir a la escuela, que estaba lejos de casa, en mi cuarto donde no había estufa, y la chimenea no la encendían. En la escuela sí, había estufa, pero se la acercaba la maestra para ella, y solo se arrimaban las niñas que le traían leña o carbón. No yo, que no traía nada. Y, además, me tenía bola.

Por esas cosas, y otras, si hubiera podido no ir a la escuela, no hubiera ido, y en cuanto se me hacía fácil (que era muchas veces), hacía novillos.

Volviendo al caballo, si lo quería para mí, hubiera tenido que escaparme con él, y ya no era tan niña, ni tan tonta, para no comprender que no habría llegado lejos.

A mi madre tampoco le gustaba trabajar, ni dentro de casa, ni fuera. Adela, la mujer del guarda de

Ruiz González, decía que eso le pasaba porque era una señorita. Mi madre se levantaba muy tarde. Lo más bueno de mi madre era que no mentía nunca. No como tía Encarna, por ejemplo, que también se levantaba tarde, y decía: «No he pegado un ojo»; y decía también que estaba enferma. Pero se levantaba tarde porque le daba la gana, porque se acostaba muy tarde, y no tenía ninguna enfermedad. Mi madre decía, en cambio: «Me levanto a esa hora, además de porque me sale de las narices, para no abrir la puerta a los acreedores». Siempre venía gente a cobrar facturas, porque mis padres debían montones de dinero a todo el mundo.

Lo mejor de mi padre eran las pinturas (no las de los lienzos, sino las que estaban dentro de los tubos y los tarros). Sobre todo las pinturas al óleo, por cómo olían, y el aguarrás. Pintaba en la misma habitación donde solía dormir, y que era donde antiguamente estaba el comedor. Era una habitación grande, con una enorme chimenea y mucha luz que entraba por la puerta-cristalera de la parte trasera del jardín. Mi padre le había colgado varias cortinas, unas más altas, otras más bajas, para poder graduar la luz (el sol no, que allí no daba). Parecía un barco raro y mal hecho, pero muy misterioso, y cerrando a mitad los ojos la luz podía tomarse por el mar, por lo verde. Todas las paredes, el suelo y los muebles estaban cubiertos de brochazos de colores, y a veces yo pisaba alguna pintura fresca y me iba dejando las pisadas por el suelo, y era muy bonito. A mi padre y a mi madre no les molestaba, al contrario, una vez dijo mi madre que hacía bien, y se estuvo un rato mirando el camino que yo dejé. Aquella habitación no la limpiaban casi nunca, y la verdad es que mi madre entraba allí muy pocas veces. En cambio, mi madre era muy limpia, pero para con ella misma, para su cuerpo, y su cabello, que era rojo (como el mío, pero más bonito, porque se lo lavaba todos los días, y yo no), parecía metal, de tanto como brillaba, hasta en lo oscuro. También su cuarto estaba limpio, y allí sí que daba el sol. Ella vivía arriba, donde el Oeste.

Adela, la mujer del guarda de Ruiz González, venía a veces a limpiar la casa y lavarnos la ropa. Le pagaban de cuando en cuando, y ella apuntaba las cuentas en la madera del quicio de la puerta, en la cocina. No sabía leer ni escribir, ni números, pero con sus rayitas no se equivocaba nunca. Las hacía con el cuchillo de la cocina, y nadie más que ella las entendía. Decía muchas veces: «Les aguanto en recuerdo de lo que fueron sus padres, que si no, a buenas horas, por ellos no movería ni un dedo». De todos modos, a veces, Adela se enfadaba mucho, porque tardaban en pagarla, gritaba y decía que no volvería hasta que le diesen «el ajuste» (que quería decir el dinero). Mi madre lloraba, y Adela se ponía mohína. Pero se iba. Entonces mi padre buscaba dinero, y le daba un poco a Adela (la tercera o cuarta parte de lo que traía). Me acuerdo muy bien de cómo lo contaban, cuando papá volvía, y se ponían muy contentos. Me cogía y me levantaba en alto, dándome vueltas, aunque yo estaba muy crecida para mi edad, y decía cosas que no entendía, y me parecían divertidas. Porque entonces se animaban con unas copas.

Yo me reía mucho los días que teníamos dinero. Y aunque la maestra, Adela y su marido dijeran que yo era una pobre desgraciada, no recuerdo haber llorado entonces nunca. Ellos decían, «esta pobrecita, qué conciencia, llevarla así». No sabía cómo me llevaban, no entendía lo que eso quería decir, pero no era desgraciada. Fue mucho después, cuando lo fui.

Los días que se debían pagar a Adela todas sus rayitas, y a los de la tienda, y a toda la gente incómoda, mi padre, como dije, buscaba dinero. Pero no decía buscar, decía: «Voy a *levantar* unos duros». Antes, cuando yo tenía cinco o seis años, me figuraba que él lo levantaba por el aire, con un tenedor de palo, como había visto que hacían los del campo con el trigo, una vez que Adela me llevó a la era de su hermano. Pero luego ya entendí que era una manera de buscar dinero, distinta a la de los demás.

A mí me mandaban a pagar las cuentas, y ese día no iba a la escuela, lo que me gustaba mucho. Pero me parecía raro que, cuando les llevaba el dinero a la gente, en lugar de ponerse contentos, suspiraban y miraban para arriba. El único que no decía nada era el de la tienda de la plaza, al contrario, a veces hasta se reía, me daba una palmada en la cara o un caramelo (aunque lo tiraba porque no me gustaban los dulces).

Cuando le llevaba el dinero a Adela, tenía que hacerlo con mucho disimulo, porque su marido no debía enterarse de que mis padres le debían tantas rayitas, porque si su marido sabía eso, no la hubiera dejado volver. El marido de Adela era un hombre muy alto, con una sola ceja (la otra se le quemó, y no le había vuelto a crecer), que le daba una mirada rara. La gente del pueblo le tenía miedo, casi como a los jurados o a los civiles, y eso que era solo guarda. Pero es que era un hombre forastero, que se casó con Adela porque llegó al pueblo de buhonero, y le gustaba mucho estar solo. A mí no me daba miedo, ni me parecía forastero. Casi no hablaba, pero siempre que me veía me decía una cosa rara de un pájaro que él conocía y no sabía cómo se llamaba, y que tenía ganas de matar. Era muy buen cazador, pero yo sabía que eso del pájaro era mentira, y que él me lo decía a mí para tener algo como un secreto, o un hilito entre los dos, que nadie veía. De eso, una vez, me dijo algo. Me dijo: «Hay algunas cosas que no se ven, pero que están. Con los años, los hombres las descubrirán, los sabios y toda esa gente que estudia, un día las meterán en un frasco, o en una bombilla, como la luz eléctrica, que antes tampoco la veían y existía». Me decía eso solo a mí, cuando yo iba a buscar a Adela y ella estaba en el lavadero, o en la tienda, y hablábamos apoyados en la puerta, y hacía dibujos en el suelo con el borde de la suela. Él leía un diccionario.

Adela me hacía poner el dinero en el hueco de un ladrillo que se desprendía, en la esquina de la casa. Vivían en una casita dentro de la misma finca de Ruiz González, y tenían una estufa de metal que se ponía casi al rojo, en el invierno. Nunca les faltaba leña. Siempre que iba, Adela me decía:

—¿Tienes hambre? —Y no esperaba que le contestara, me daba pan con algo. Por entonces yo iba casi siempre un poco hambrienta, pero no como para hacerme sufrir. Mis padres comían poco, y cosas que no me gustaban, sobre todo cosas de lata, que tenían almacenadas en una esquina de la habitación de las pinturas (compraban muchas latas cuando papá levantaba duros) y sabían (o me lo parecía) a pintura.

En aquellos tiempos venía tía Encarna a casa. Tenía un coche muy grande, y papá comentaba que era muy viejo y que el tacaño de su marido ya podía comprar otro. Pero el chófer, Alberto, decía que el motor era muy bueno, y siempre lo tenía muy reluciente, y a mí me gustaba.

Yo era muy amiga de Alberto. Me parece que era el único amigo que tenía. Cuando levantaba la tapa del motor me explicaba cómo funcionaban todas aquellas tripas del coche. El olor de gasolina me gustaba tanto como el de la pintura y el aguarrás, y si a veces lo olía, me venía Alberto a la memoria.

Alberto era rubio, con ojos azules, y tenía la piel cubierta de manchitas muy pequeñas, unas tirando a rosa, otras marroncitas. La cara y las manos eran así. Un día lo vi lavándose en la pila de la cocina, y también tenía la espalda, y los brazos con manchitas. Tenía un lunar grande, casi como una cereza, debajo del cogote, casi en la espalda, como de terciopelo. Me acordé casi al tiempo de mi lunar y de la estrella negra del caballo de Ruiz González, y comprendí por qué éramos amigos, y que alguna vez, los sabios, encerrarían estas cosas en frasquitos.

Me fui sin que él notara lo que había visto, pero más tarde, cuando estaba repasando el motor, le dije:

—Tú y yo tenemos un lunar. —Y levanté el pelo de la frente, y le enseñé el mío. Él dijo:

—Qué tonterías dices, hija.

Se limpiaba las manos con un trapo lleno de manchas negras, y de pronto sentí una especie de miedo, extraño. Entonces pensé en lo que decían de él y de tía Encarna, y en lo que decía entre dientes Adela: «Qué es lo que le verá la señorita Encarna a esta panocha, cara estropajo».

Cuando venía a casa tía Encarna parecía día de fiesta. Tío Emilio no nos quería, decía que éramos una pandilla sin moral. Tía Encarna, cuando venía, daba dinero a mi madre, y le regalaba vestidos del año pasado (pero que en el pueblo no se notaba) y también perfume, y cosas así. Cuando venía, pasaba un tiempo, unos días, y luego se iba otra vez a su casa. Adela se ponía de mal humor, y decía dando golpes con la plancha en la ropa: «Nadie tiene vergüenza en esta casa».

Desde el día del lunar, yo ligaba mucho a Alberto con el caballo blanco de Ruiz González. Mis padres tenían un gramófono antiguo, de los de cuerda, de cuando mamá y tía Encarna eran pequeñas. Yo lo tenía en mi cuarto, con todos los discos que encontré, y como no me oía nadie, me disfrazaba y bailaba. Me ponía cosas de mamá, o me vestía de soldado, o de gallo, o de señora antigua con bultos por detrás. Pero había un disco que se llamaba Rachmaninoff, y como con ese no se podía bailar, me escondía debajo de la cama y galopaba en el caballo blanco, y Alberto corría delante de mí y me parecía que íbamos a alguna parte misteriosa, adonde queríamos llegar, aunque diese miedo.

Fue por aquella Navidad, cuando cumplí los doce

años. Es decir, una semana antes. Mamá recibió una nota de tía Encarna, diciendo que vendría a pasar con nosotros las fiestas. Yo andaba muy aliviada sin escuela. Oía todo lo que decían, porque no tenía qué hacer, y supe que las carreteras estaban heladas.

El coche de Alberto (yo siempre pensaba *el coche de Alberto* y no *el coche de tía Encarna*) patinó, y se estrellaron. Los encontró el marido de Adela, el guarda, y los trajeron muy mal heridos. Pero yo vi desde lo alto de la escalera como lo traía a Alberto, él mismo, y parecía como si arrastrase un saco: y estaba boca abajo, y lo ponía todo perdido de sangre. Luego trajeron a tía Encarna, con más cuidado. Después vino el médico. Mis padres estaban desesperados.

A las tres de la mañana, Alberto, mi amigo, se murió. Había dejado gotas de sangre en el primer peldaño de la escalera, estuve mirándolas, hasta que Adela las fregó. Las gotas eran redondas con piquitos en el borde, como ruedítas dentadas de motor, y hasta que se empezaron a oscurecer, de un color rojo muy vivo. Luego vi pasar el coche, arrastrado por la grúa, y el motor estaba aplastado, y pensé que así estaría Alberto, también, por dentro.

Tía Encarna no se murió, en cambio. Para la primavera, se pudo levantar, y vino a verla tío Emilio. Yo no le había visto nunca y me extrañó cómo les daba tanto miedo, si parecía un niño vestido de hombre, con su carita encogida. Llevaba chaleco. No se podía trasladar a tía Encarna a ninguna parte, y él se estuvo un día, le dio mucho dinero a papá y se fue, porque tenía mucho trabajo, y era muy formal, no como nosotros.

Por Pascua, tía Encarna ya pudo salir, con muletas. Era un tiempo bueno, tío Emilio mandaba dinero, y Adela venía todos los días, y también la hija más pequeña de Roque, el de la calle del Custodio, a ayudarla. Había de todo. El dinero llegaba por giro postal, aunque Adela decía que era mentira que el dinero pudiera llegar así y que en algún ladrillo lo escondían. Papá no iba a levantar duros, para qué.

Sin pintarse, tía Encarna estaba rara, como descascarillada. Le preocupaban mucho sus piernas, pero bendecía a Dios de que la cara le hubiera quedado igual, y eso me extrañaba, ya que, a mi juicio, la tenía muy distinta. Mamá, en cambio, estaba preciosa. Tenía dos vestidos nuevos, y se bañaba con espuma rosa, me dejaba meter las manos, pero yo solo metía un dedo, me daba vergüenza y un poco ganas de llorar (pero no muchas).

Entonces empecé a pensar en ponerme guapa y en vestirme tan bonita como ella. Un día estaba ella vistiéndose, y hacía un sol muy bueno en la pared, y en su espejo me vi, con el pelo retorcido y suciamente rojo, y mis ojos tan redondos, y sufrí. Me acordé de Alberto, mi amigo, de sus cejas doradas y de nuestro lunar.

Oí decir que no sabían cómo enterar a tía Encarna de la muerte de Alberto. No lo sabía aún. Pero al fin, papá, que entendía mucho de esas cosas (Adela decía que si le dejaban hablar no le ahorcaban), se lo dijo. Se armó una muy gorda.

Yo iba otra vez a la escuela, y un día, al volver,

Adela me dijo: «No hagas ruido, hermosa, que estamos muy *asustaos*; si no se va a morir ella ahora...».
Adela me dio de comer en la cocina, y ella estaba con los ojos acuosos. Pensé que la gente era bastante rara, porque antes odiaba a tía Encarna, y ahora lloraba. En cambio, Alberto era mi amigo, y yo no había llorado cuando se aplastó. Ni una lágrima. Y eso que me acordaba de él, casi cada día.

No se lo había dicho a nadie, pero anduve por el cementerio el día que lo enterraron. Vi cómo metían la caja en el suelo, cómo le echaban tierra, en fin, todo. Volví allí a veces, y como la hierba de los alrededores era muy buena, el caballo de Ruiz González, el de la estrella, mordisqueaba por allí, y a mí no me extrañaba verlo, era lo natural.

Un día, cuando ya era verano y el campo se ponía feo, mamá y tía Encarna (que ahora todos la querían) fueron al cementerio con muchas flores. Yo las acompañé porque quería ver la cara que ponía tía Encarna.

Primero creí que se desmayaría, pero no. Estuvo muy quieta, mirando, y casi parecía que pensaba en otra cosa. Luego, arrodilladas las dos, le pusieron todas las flores, como si sembraran un huerto, y acabaron charlando de cosas. Entonces me dio un golpe el corazón y vi la cabeza del caballo blanco asomada tras los barrotes, y su estrella estaba como flotando en el aire.

Tía Encarna mandó que pusieran una cruz y una losa con letras de oro en la tumba de Alberto. Me acordé de lo que decía él, que dejaría de trabajar cuando una señora caprichosa lo retirara. Vaya retiro.

Llegaron unos días de lluvias y vientos, y yo un día me mojé y pillé algo malo, se me complicó y estuve enferma muchos días. Cuando me levanté tenía las piernas más largas, y me hicieron un vestido. Era el primer vestido que me hacían, porque hasta entonces llevaba tejanos y jerséis o blusas, o algún arreglo que me hacía Adela con cosas viejas de mamá, menudas birrias.

Tía Encarna vivía ahora con nosotros. Los sábados iban al cementerio, pero yo no las acompañaba, porque se lo tomaban como un paseo, o como el rezo del rosario para Adela, o como la forma de esperar el auto de línea las chicas, con el jersey nuevo. Empecé a lavarme la cabeza a menudo, como mamá, y deseé tener tantos vestidos como ella, y me daba vergüenza pensar que podrían enviarme a pagar facturas, como antes. Pero ya no teníamos acreedores, porque tía Encarna corría con todos los gastos, y papá estaba preparando una exposición que ella patrocinaba. También Adela estaba respetuosa.

Solo papá y mamá se peleaban alguna vez, porque papá decía que mamá se estaba todo el tiempo con su hermana. Papá bebía más que antes. Pintaba mucho, en cambio. A mí me parece que muy mal. Ninguno de sus cuadros me gustaba, ni los de antes ni los de luego.

Me pasó como a tía Encarna con Alberto: fue mucho después de que ocurriera, que me enteré de que el caballo blanco de Ruiz González se despeñó, y que el marido de Adela, el guarda, lo tuvo que matar. Cuando lo supe, fui a esconderme debajo de la cama, como con Rachmaninoff (y me di cuenta de que hacía tiempo que ya no lo hacía), temblando. Noté mi sudor, y miedo.

Luego me fui de casa, hacia el cementerio de los caballos, un lugar lejano, sucio y triste, donde blanqueaban algunos costillares al sol, y me desesperaban los randrajos y los pájaros negros. Después de allí, di un rodeo, y me fui por las tierras de los Ruiz González, hasta el bosque. Me senté al pie de un haya, mirando el musgo, los insectos, mis pies, pero sin poder apartar una idea.

Estaba llena de ira, cuando vi al guarda. Me pareció más alto que nunca, y es raro, porque yo había crecido. Lo primero que le vi fue la sombra, en el suelo, porque el sol le daba por detrás. Decía algo, y yo no le oía. Hablaba poco, solo conmigo, y estaba aquel hilo ya muy corto entre los dos, atados.

Cerca de allí tenía un chozo disimulado, para cazar zuritas. También le servía para sorprender a los carboneros o a los leñadores furtivos, y a los cazadores sin licencia. A pesar del hilo estábamos aún apartados, pero aunque no lo estuviéramos, él sabía que yo no podía gritar, ni huir, que solo cerraría los ojos, porque ahora me tocaba a mí.

De todos modos, solo a rastras se me llevó.

Austral Cuentos ofrece al lector breves antologías de relatos de los mejores escritores de todos los tiempos.

AUTORES DE LA SERIE UNIVERSAL

Antón Chéjov

Joseph Conrad

Fiódor M. Dostoievski

F. Scott Fitzgerald

E. T. A. Hoffmann

Franz Kafka

Jack London

H. P. Lovecraft

Katherine Mansfield

Carson McCullers

Bram Stoker

Oscar Wilde

Virginia Woolf

Stefan Zweig

AUTORES DE LA SERIE ESPAÑOLES Y LATINOAMERICANOS

Rosa Chacel

María Teresa León

Ana María Matute

Emilia Pardo Bazán

Miguel de Unamuno

Ramón del Valle-Inclán

Mario Vargas Llosa

AUSTRAL